眼のシャナIII

郎

のいぢ

Design・Yoshihiko Kamabe

灼眼のシャナIII

プロローグ

この世は〝紅世《ぐぜ》の徒《ともがら》〟によって〝存在の力〟を喰い散らかされ、歪《ゆが》んでいる。

そうアラストールは言うし、私も現状認識として、その表現は正しいと思う。

けれど、物心のつく前から彼（？）やヴィルヘルミナたちにそうだと教えられてきた私にとっては、そんな状態こそが普通だった。そんな世界が、私の目の前にある現実で、常識だった。

この世に、歩いてゆけない隣の住人〝紅世の徒〟たちが古来より侵入し続けていること。本来この世の者でない彼らが顕現《けんげん》するために、また物事を〝自在〟に繰るために、この世に存在するための根源の力である〝存在の力〟を人間から奪っていること。

その力を奪われた人間は、存在そのもの……つまり、そこにいた痕跡《こんせき》、周囲の人間の記憶、全《すべ》てを失って、この世の流れから欠落すること。そしてこの世に本来存在しない者が現れ、起こり得ない不思議が起きる、そのせいで不自然や矛盾が生まれ、世界の在り様が歪むこと。

〝紅世〟における強大な存在である〝王〟の中に、この歪みがいずれ取り返しのつかない災厄《さいやく》を両方の世界に引き起こす、と憂える者たちがいたこと。彼らがその災厄を防ぐために、この世で〝存在の力〟を乱獲する同胞たちを討ち滅ぼす苦渋《くじゅう》の決断を下したこと。

自らがこの世に現れることで〝存在の力〟を消費する愚《ぐ》を避けたい〝王〟たちが、〝徒《ともがら》〟への復讐《ふくしゅう》を願う人間に力を与え、代わりにその全存在を〝王〟の器として捧《ささ》げさせるという解決策を取ったこと（私みたいな、〝在るべくして在る者〟は例外だそうだ）。

その〝紅世《ぐぜ》の徒〟を追う異能《いのう》の討ち手たちを〝フレイムヘイズ〟ということ。

全《すべ》てが、普通の人間たちは知らないというだけの、私の現実世界。

そんな世界のバランスを守るために〝徒〟を討滅《とうめつ》するという使命。

それが私の全て、存在そのもので、それ以外にはなにもなかった。

なのに、この街に来て、一つのものが、私に加わった。

アラストールやヴィルヘルミナたちも、〝呼びかけるただ一人〟の私に、そんなものを加えようとはしなかった。他《ほか》のフレイムヘイズや〝徒〟にも、ただ愛刀の銘《めい》で区別させただけ。

そう、『贄殿遮那《にえとののしゃな》』のフレイムヘイズ、と。

フレイムヘイズが私の全て、存在そのもの、それだけのもの。

なのに、この街で出くわしたそいつは、私に一つのものを加えた。

シャナという、名前。

そして、それから、なんだか、それだけじゃなくなってゆく。

私の存在が、変わってゆく。

1　闇夜の炎

夕の赤も地平に果てつつある宵闇《よいやみ》の下、日本のとある国際空港に隣接するビルの裏道で、その暴行は繰り広げられていた。

袋小路にぶちまけられたゴミの中で、一人の少年がもがく。

それを、取り囲んだ五人の、やはり少年たちが好き放題《ほうだい》に蹴《け》り飛ばしていた。

「キッタねえな、ゴミ飛ばしてんじゃねえよ！」

蹴られている少年は十代半ばの西洋人で、波打つ金髪も細身《ほそみ》の体もゴミにまみれている。

蹴っているのは、それぞれ十代と思しいストリート系の格好をした日本人の少年たち。彼らは、ときおり空港から地理に不案内な外国人を、それが見つからないときは日本人を連れ出して金目《かねめ》の物を巻き上げる、現代の追い剝《は》ぎだった。

「ったく、日本語喋《しゃべ》れねえのかよ、こいつ！」

「日本語できねえなら、日本に来んじゃねえっての！」

その暴行の輪の外には、少年から引き剝がされた臙脂《えんじ》色《いろ》のジャケットが落ちていた。品のいい仕立てのそれは、主《あるじ》同様ゴミに塗《まみ》れ、ポケットの裏地も全部引き出されている。その周りには滑《なめ》らかな絹のハンカチやポケットティッシュ、踏み砕《くだ》かれたらしい万年筆などが散乱していた。もちろん、紙幣で膨《ふく》れた財布《さいふ》だけは、暴行している一人が摑《つか》んでいる。

「よお、もう飽《あ》きたんだけどさ、早く飯《めし》食いにいかね？」

言いつつ、一人が金髪をゴミの中へと練り込むように踏みにじる。

別の一人が返した。

「こいつの財布の中身、見たろ？　相当のお坊ちゃんだぜ。ホントは連れとかも吐《は》かせて、みんな搾《しぼ》り取ってやろうと思ったんだけどよ～」

「アイ・キャント・スピーク・ジャパニーズってか、このバカ！」

どの顔にも嘲《あざけ》りの笑いがある。

彼らにとっての暴行は、暗い破壊衝《しょうどう》動や不分明な懊悩《おうのう》の表れではない。他人をいたぶり楽しむ、遊びの一種だった。他人の持ち物を奪うことについても、強盗《ごうとう》を働いているという自覚はない。『小遣《こづか》い稼《かせ》ぎ』という軽い言葉に置き換えることで、事実認識を誤魔化《ごまか》している。無論のこと、罪の意識など欠片《かけら》も抱《いだ》いていない。

「俺《おれ》たちの期待を裏切ってくれたんだ。その気晴らしくらいには付き合ってもらわねえと、苦労の割《わり》に合わねえって、の！」

「お、ナイッシュー！」

一方的に蹴《け》られ続ける金髪の少年は、体を丸めてヒイヒイ喘《あえ》ぐだけで、まともな叫び声さえ出さない。本来は秀麗《しゅうれい》とさえ言える顔立ちをゴミで汚《よご》し、子供のように涙をボロボロとこぼす情けない姿は、より暴行者たちの嗜虐心《しぎゃくしん》をそそった。

「ま、腹を空かす運動にはなるか、そら！」

「そういうこと、っほれ！」

そんな彼らの、悪意に酔った明るさを唐突《とうとつ》に、

「おやめなさい、ゴミ虫ども!!」

高く鋭い声が断ち切った。

「……あん？」

少年たちは訝《いぶか》しげに、声の上がった袋小路の出口に振り向く。

そしてそこに場違いな、花を見た。

彼らが思わず息を飲むほどの美少女が、薄暗い裏道を背に立っていた。

金髪の少年と瓜《うり》二つの、しかしこちらは意志の強さを表した面差《おもざ》しを、波打つ豪奢《ごうしゃ》な金髪にくるんでいる。リボンをあしらったドレスと鍔広帽子《つばひろぼうし》で飾る立ち姿は、まるで等身大のフランス人形のようだった。

しかし、そんな姿を見た少年たちの反応は、極上《ごくじょう》の獲物を見つけた、というものでしかない。

彼らの感嘆と欲望は直結していた。

「すんげえオマケが付いてきたじゃねえか」

「俺《おれ》たちってば、ついてんじゃん？」

「ヒュー、マジかよ！」

美少女の言葉を思い返すことさえない。元々、原始的な意味での力の上下関係以外に、対人折衝《せっしょう》方法を精神の内に持ち合わせていないのである。彼らはその唯一の方法を施行すべく、丸まって泣き続ける金髪の少年を置き捨てて、美少女ににじり寄る。

ところが美少女は、そんな彼らの行動など無視して金髪の少年を見つめる。人を蕩《とろ》かすような、情愛に緩《ゆる》んだ青い瞳で。花弁のように朱《しゅ》を差す唇《くちびる》が、さっきの制止の声とは正反対の、甘い声を紡《つむ》ぐ。

「もう、駄目《だめ》でしょう、お兄様。私が待っていてと言ったら、ちゃんと待っていないと。私の『揺りかごの園《クレイドル・ガーデン》』の威力圏から出てしまったら、どうするおつもり？」

「……へ、へへ、おにいさまあ？」

やはり少年たちは、言葉の中から興味のある部分しか拾い上げない。

「兄妹かよ。なあ、俺たちも混ぜ――」

また一人が、下卑《げひ》た劣情も顕《あら》わに言うが、今度は金髪の少年の声がそれを遮《さえぎ》った。

「だ、だってボク、おなかすいた」

その、丸まった姿勢のまま絞《しぼ》り出された声は、少年たちには理解できなかった。知らない国の言葉、というようなものではない。それは、声でこんな音が出せるのか、と思わせるほどの異質感の塊《かたまり》だった。

美少女はそんな音にも平然と、やはり甘ったるく答える。

「まあ。私が居ないと、食べる踏ん切りもつけられないというのに？」

うふふ、と口元に手を寄せて、可愛《かわい》らしく笑う。

少年らは、この非の打ち所のない朗《ほが》らかな笑顔を、かえって薄気味悪く感じた。

（なんだ、こいつら）

美少女の方は、最初の制止以降、少年らを無視している。今、兄から上げた視線もやはり、彼らを素通りして袋小路の奥に向いた。

「シュドナイ！　あなた、いったい何のためにいるの!?」

兄に対するものとは全く違う、厳しい声が飛ぶ。

返答が、今度はちゃんと理解できる言葉で来た。

「そうピーピー喚《わめ》きなさんな」

少年たちはギョッとなって振り返った。

その先、袋小路の突き当たりに、いるはずのない男が背を持たせかけて立っていた。

ダークスーツを纏《まと》う、すらりとした長身。オールバックにしたプラチナブロンドの下で、サングラスが目線を隠している。

「まだ君の『揺りかごの園《クレイドル・ガーデン》』の威力圏内だし、だいたいこれは契約条項外だろう？　俺《おれ》の受ける依頼は常に『フレイムヘイズから守る』ことだけだ。それに、ソラトがこの程度でどうなるわけでもあるまい」

彫りの深い顔にわずかな笑みを漂《ただよ》わせて、シュドナイと呼ばれた男は言う。

「駄目《だめ》よ、こんなゴミ虫どもがお兄様に触れるなんて……ああ、汚《けが》らわしい！　私の選んであげたお洋服まで、こんなにして。ゴミ虫どもが、身の程をわきまえないにも程があるわ！」

少年たちには、この美少女の言ったミノホドーワキマエナイとかいう言葉の意味は分からなかったが（彼らに理解させるには「チョーシこく」と嚙《か》み砕《くだ》いて言うべきだったろう）、侮蔑《ぶべつ》のニュアンスだけはしっかりと伝わった。気に食わないと感じたことに反射的な怒りを示すのも、彼らの習性である。再び美少女に向き直る。

「ゴミ虫だと、ああん？」

「言ってくれんじゃねえか！」

しかし彼らはもう、事態から決定的、あるいは致命的な置いてけぼりをくっていた。

その背後、ソラトというらしい金髪の少年が、弱々しく肩を縮めて身を起こし、

「ね、ねえ、ティリエル、こいつら、きって、たべても、いい？」

と、やはり彼らには理解不能な音を出した。

そして、呼びかけられた美少女・ティリエルが朗《ほが》らかに、首を傾げて答える。

「ええ。遠慮なくおあがりくださいな、お兄様」

「聞き取りにくくてすまんな」

シュドナイが何気なく言った、

「は」

「ん？」

その時点ですでに少年たちは全員、

「ふへ？」

「お」

血風《けっぷう》に巻かれて吹き飛んでいた。

「あ、れぇ？」

横並びになっていた自分たちが、斜めに一線引かれるような斬撃《ざんげき》を背後から受けたことに、彼らは回転して吹き飛ぶ途中でようやく気付いた。

その死の刹那《せつな》、少年たちの流れる視界の中で、華美《かび》な西洋鎧《よろい》に身を包んだソラトが、片膝《ひざ》を付く姿勢で大剣を振り抜いていた。面覆《めんおお》いのない兜《かぶと》から豪奢《ごうしゃ》な金髪を溢《あふ》れさせ、表情も冷厳と引き締めたその勇姿は、まるでステロタイプなファンタジーRPGの主人公のようだった。

彼は、しかし人を救わない。

斬《き》るだけでも、済まさない。

口をすぼめて、彼らを喰う。

空を吹き飛ぶ半身、地に残っていた半身、それぞれが猛烈《もうれつ》な勢いで燃え上がった。その炎《ほのお》は先端《せんたん》を細く糸のように伸ばし、ソラトの口へと流れ込んでゆく。燃えてはいても、彼らの纏《まと》う服は焦《こ》げず、皮膚も爛《ただ》れない。ただ、炎の内に揺らぐ姿がぼやけ、炎そのものと一緒に縮んでゆく。

「このソラトは『達意《たつい》の言《げん》』も繰れない子供なもんでね。いや、悲運を知らずに逝《い》くのは、あるいは幸福なのかもしれんが」

慰めにもならない、聞かせるにも遅すぎるシュドナイの声が、空《むな》しく裏道に響いた。

程なく、ソラトは炎が蠟燭《ろうそく》の先ほどにまで小さくなったところで、喰うのを止《や》めた。炎の先端から伸びていた糸がぷつんと切れ、ちろちろと人数分、残り火が裏道に揺れる。

「まあ、偉《えら》いですわ、お兄様！　ちゃんとトーチの分を残せるようになりましたのね!?」

ティリエルが手を合わせて喜んだ。

鎧姿《よろいすがた》を俯《うつむ》き加減にするソラトも、はにかんだ微笑を妹に向ける。

「う、うん、ティリエルが、ここではできるだけそうするようくせをつけなさい、って、そうしないとかんづかれますわよ、って、いったから」

「ええ、そうです、お兄様……よくおできになりました」

頰《ほお》を上気させて、ティリエルは兄に抱《だ》きつく。

抱きつかれたソラトは、しかし急に顔を曇らせた。

「だって、そうしないと、だめなんだ。ほしいもん。こんななまくらじゃない、すごいの」

手に下げた、血色《ちいろ》の輝きをたゆたわせる西洋風の大剣を、つまらなそうに持ち上げる。

ティリエルはその頭を優しく撫《な》で付けながら答える。

「ええ、ええ、分かっていますわ、お兄様」

ソラトは、ぱっと表情を明るくする。

「すっごい、つるぎなんだよね！　それをもったらトーチでも、フレイムヘイズやともがらをぶちころせるくらいの！　そのばけものトーチ……え〜と、え〜と」

「最悪の〝ミステス〟こと、〝天目一個《てんもくいっこ》〟だな」

シュドナイがすらりと答えた。〝紅世の徒《ぐぜのともがら》〟、フレイムへイズ問わず有名な話だから、特別彼が物知りというわけではない。自分が答えてやるつもりだったらしいティリエルが不愉快気な顔になったが、無視して続ける。

「その『吸血鬼《ブルートザオガー》』が、わざわざ換えを探さねばならんほどのなまくらとも思えんがね。見事な切れ味じゃないか」

い、い、い、い、目の前にあるものを持ち上げて、鮮血をボタボタと滴《したた》り落とす滑《なめ》らかな断面を眺める。

口答えしかけたティリエルは、

「――――!?」

代わりに上げそうになった驚愕《きょうがく》の声を危《あや》うく呑《の》み込んだ。

シュドナイが、斬《き》られた少年を一人、その手に摑《つか》み上げていた。

いつ兄の殺戮《さつりく》の手から奪い取っていたのか、彼女は不覚にも全く気付かなかった。

「は、ひうぐ……」

首を鷲摑《わしづか》みにされた少年が、悲鳴にならない呻《うめ》きを漏《も》らした。彼は一番端《はし》に立っていたため、ソラトの斬撃《ざんげき》を左膝《ひざ》から右太股《ふともも》にかけての斜線で斬られ、即死できなかったのだった。そこをシュドナイに捕らえられ、仲間の喰われる様を見せつけられていたらしい。理解不能な事態と逃れられない死、双方への恐怖が顔に張り付いていた。

「封絶《ふうぜつ》しておけば、君らがなにも知らない内に喰ってやれたんだが……まあ、できるだけ余計な自在法は使わない方針だし、ここには人目もないということで、節約させてもらった。こんな場所を選んだ自分たちの不運を悔やむんだな」

シュドナイは一方的に言うと、断面を眺めるため服ごと伸ばしていた腕を、元の長さに戻した。改めて少年をティリエルに向け、

「これ、もらうよ」

と、まるで乾杯するかのように差し上げる。

「役立たずのくせに、しっかりと見返りだけは求めるのね」

ティリエルの精一杯の嫌味《いやみ》にも、にやりと笑って答える。

「役に立つべきときには、ちゃんと立つさ。だいたい、『依頼を果たす』のを信条とする俺《おれ》が受け取る報酬はこれだけだ。もらえるときにもらっておいてもいいだろう？」

言うや、その腕がまたぐにゃりとU字型に伸びて、少年の顔を自分に向ける。もはや意識も朦朧《もうろう》としているらしく、その目は虚《うつ》ろだった。

「もう反応もなし、か。最後まで面白味のないことだ」

嘲笑《あざわら》うと、シュドナイは少年を本当に喰った。その口がバカリと広がり、少年の体を丸ごと呑み込んだのだ。一瞬の後、少年はその口中で炎《ほのお》へと変わり、咽喉《のど》へと落ちる。最後に、後始末のための炎を一欠片《ひとかけら》、ぷっ、と吐《は》き出す。

その在り様に、ティリエルが顔を顰《しか》める。

「悪趣味な食べ方だこと、〝千変《せんぺん》〟シュドナイ」

「人それぞれさ、〝愛染他《あいぜんた》〟ティリエル。君たちのようなのもいる」

ふん、とティリエルは鼻を鳴らして返答を避けた。

と、その腕に抱《だ》き締められたソラトが、子供のようにジタバタし始めた。

「ねえ、ねえ、ティリエル、はやくさがしにいこうよ！」

「ええ、ええ、そのために、こんな外れの土地にやってきたんですものね」

「うん、ボクわかるよ。つながってるんだ、ボクのものになるものにさ！」

そのソラトが上げる確信の声に、シュドナイは肩をすくめて見せた。

「さすがは〝愛染自《あいぜんじ》〟ソラトの『欲望の嗅覚《きゅうかく》』、というところか。もっと〝自在〟に使えれば、様々な秘宝も容易《たやす》く手に入るだろうに」

なぜ愚《ぐ》にもつかない一人が振れる程度の玩具《おもちゃ》ばかりを、と惜しむ無粋《ぶすい》を、今度はティリエルが笑う。

「お兄様の、純粋に求める心の在り様が、欲するものとお兄様を繋《つな》げるのよ」

「そんな兄の望みに引っ張られて、こんな僻地《へきち》まで危険なフレイムヘイズをわざわざ追って来た、と。なるほど、おまえさんの在り様を『溺愛《できあい》の抱擁《ほうよう》』とはよく言ったものだ」

「ええ、その通り。それが私よ」

近年、あの〝天目一個《てんもくいっこ》〟を降《くだ》し、その本体であった剣の名を冠するようになったフレイムヘイズが、東アジア一帯を跋扈《ばっこ》するようになったという。それが誰の契約者なのか……直接遭遇した〝紅世《ぐぜ》の徒《ともがら》〟に生存者がいないために、流れる噂《うわさ》もあやふやなものばかりだが、いずれ厄《やっ》介《かい》な敵であることに違いはなかった。

それでなくても、〝天目一個〟が消えたせいで、再びこの地域にはフレイムヘイズどもが流れ込み始めているのだ。長く姿を見せなかった『万条の仕手《ばんじょうのして》』の再出現や『弔詞の詠み手《ちょうし》』の目撃など、近年の東アジアは〝紅世の徒〟にとって非常に物騒な地域となっている。

実際、この日本とかいう〝天目一個〟を生み出した僻地に渡る直前、香港《ホンコン》の地において自分たちは『万条の仕手』と遭遇してしまった。そのときは護衛として雇っていたシュドナイがうまく出し抜いて、危《あや》うく無駄《むだ》な激突の難を逃れることができた。

（こんな危険な場所にやってきたのも、〝愛染他《あいぜんた》〟たる私の、お兄様への愛情ゆえ……）

ティリエルは思い、愛《いと》しい兄の両頬《ほお》に掌《てのひら》を添える。

「じゃあ、お兄様。追跡を始める前に、私におすそ分けをくださいな」

「うん、ティリエル。はやくみつけようね、『にえとののしゃな』!!」

にっこり笑うと、ソラトは目の前でほころぶ妹の唇《くちびる》に、躊躇《ちゅうちょ》なく自分のそれを重ねる。いつもそうするように、薄桃色の花弁を啄《つい》ばんで潤《うるお》してから、舌を差し入れる。乱暴に腰を引き寄せ、一つとなるように抱《だ》き締める。

やがて、絡《から》む舌と舌を彩るように、山吹色《やまぶきいろ》の炎《ほのお》……人間を喰らって得た〝存在の力〟が、ソラトからティリエルへと、口伝いに流れ込んでいく。

「んん～～」

ソラトは無邪気《むじゃき》な熱烈さで、力を渡す代償《だいしょう》のように愛《いと》しい妹を貪《むさぼ》る。

「ふ、んあぐ……」

乱暴な愛撫《あいぶ》に溺《おぼ》れそうなティリエル、その唇の端《はし》から、吐息《といき》の欠片《かけら》のような山吹色の火の粉《こ》がハラハラと漏《も》れる。

騎士《きし》と姫君《ひめぎみ》の接吻《せっぷん》、と言うにはあまりに淫靡《いんび》すぎるその様に呆《あき》れのため息をついて、シュドナイは再び背を壁に持たせかけた。この二人は、こうなったら当分このままだ。意思を言語に

変換する自在法『達意《たつい》の言《げん》』をわずかに繰り、

(たしか、この国では「火が付く」と言ったか)

くっくと笑う。

(いい例えじゃないか)

笑いつつ、シュドナイはサービスとして、サングラスの奥から力を送り出す。

途端《とたん》、宙や地に漂《ただよ》っていた少年たちの燃え滓《かす》が、生前の姿を取って、しかし薄く膨《ふく》れ上がった。存在感の薄い姿を取り戻した少年たちは、三人が見えていないかのように、呆《ほう》けた表情とフラフラした足取りで、裏道から出てゆく。

そんな五つの、消え去るだけの日々へと帰ってゆく紛《まが》い物。

都会の夜光を薄く映す曇天を戴《いただ》いた、ビルの谷間の裏道。

口付けを交わし続ける、美しくも淫《みだ》らな〝愛染《あいぜん》の兄妹〟。

これらの異観を肴《さかな》に、〝千変《せんぺん》〟シュドナイは一服、煙草《たばこ》と洒落《しゃれ》込んだ。胸ポケットから取り出した箱を軽く指で叩《たた》き、一本、咥《くわ》えて出す。くい、と上げた先端《せんたん》に自然と火が点《とも》った。

火は、不気味に濁《にご》った紫色をしていた。

月も隠れた暗夜。

シャナの小さな手が、隣に座った坂井《さかい》悠二《ゆうじ》の意外に大きな指先に触れる。

「封絶《ふうぜつ》」

その、やはり小さな唇《くちびる》から声がこぼれた途端《とたん》、御崎《みさき》市の片隅に紅《ぐ》蓮《れん》の炎《ほのお》が立ち上った。

炎が何処《いずこ》かへと通り過ぎると、二人が座る坂井家の屋根を中心にドーム状の陽炎《かげろう》の壁が形成され、その内部の地面には火線で描かれた奇《き》怪《かい》な文字列からなる紋章《もんしょう》が描かれる。

壁の内部を世界の流れから切り離すことで外部から隔離《かくり》・隠蔽《いんぺい》する因果《いんが》孤立空間、〝封絶《ふうぜつ》〟の現れだった。

この、僅《わず》かに紅蓮の色を揺らめかせる陽炎の壁の中、寝巻き代わりのジャージを着た悠二は、傍《かたわ》らにある少女……平凡な高校生だった彼の前に現れ、鮮やかに完膚《かんぷ》なきまでに彼のそれまでとこれからを壊し、変えてしまった少女の横顔を見つめる。

見た目の年齢《ねんれい》は十一、二の幼さだが、凛々《りり》しい顔立ちは見る者に強烈な印象を与え、小柄《こがら》な体は圧倒的な存在感を持っている。コートのような黒衣《こくい》を纏《まと》い、悠二と並んで棟にちょこんと腰掛ける姿も、まるで一枚絵のように決まっている（黒衣の中はブカブカのパジャマにサンダル履《ば》きなのだが）。

少女が人間でないことは一目で分かった。

その長いストレートの髪が紅蓮の煌《きらめ》きを放ち、周囲に火の粉《こ》を舞い咲かせているからである。

そして、瞑《つむ》られていた双眸《そうぼう》が、ゆっくりと開かれる。

現れた瞳も、紅蓮。

（……見てる方まで……燃え上がりそうだ……）

悠二は夜毎新たにする、陶然《とうぜん》とした気持ちに浸る。

少女は、この世の人の〝存在の力〟を喰らう異世界の住人〝紅世《ぐぜ》の徒《ともがら》〟を討滅《とうめつ》する使命を帯びた異能者〝フレイムヘイズ〟の一人。魔神《まじん》〝天壌《てんじょう》の劫火《ごうか》〟アラストールと契約し、人としての生を捨てた『炎髪灼眼《えんぱつしゃくがん》の討ち手』だった。

悠二によってつけられた名前は、シャナ。

「……？」

と、そのシャナが不審気《ふしんげ》な表情を自分に向けているのに、悠二は気付いた。

少し問い詰める風に、彼女は言う。

「悠二、今おまえの〝存在の力〟が、いつもより多く流れ込んできた」

「あ、分かった？」

シャナは周囲に灼眼を巡らす。

「そう感じた。封絶も、いつもより大きくなってる」

「ああ、なるほど……実はさ、ここしばらくの間に〝存在の力〟をはっきりと実感できるようになってたんだ。それでちょっと、自分の意思で流し込む力を大きくしたりできるか、試してみたってわけ」

そんな悠二《ゆうじ》の言葉に、シャナは少し険《けわ》しい顔をした。

「生兵法《なまびょうほう》で"存在の力"をいじったりしちゃ駄目《だめ》。制御《せいぎょ》に失敗して力を全部流し込んだりしたら、おまえという存在は消滅するのよ?」

「ご、ごめん」

悠二は咄嗟《とっさ》に謝ってから、ふと、

(今のは僕のこと、心配してくれたのかな)

と能天気な嬉《うれ》しさを感じる。出会ってから一月《ひとつき》と少し。トラブルもあったが、少しずつ気難しくてぶっきらぼうな彼女との距離も縮まってきた……。

そんな悠二のいい気な現状認識には、当然のように冷や水が浴びせられる。

「そこまで感覚が発達し、研《と》ぎ澄まされてきたのならば、これから夜の鍛錬《たんれん》には、貴様の力の制御という項目を加えるとしよう」

まるで遠雷のように重く低い男の声、という形で。それはシャナの胸元に下げられた、銀の鎖《くさり》で繋《つな》いだ黒い球を、交叉《こうさ》する金のリングで結んだ形のペンダントからのものだった。

声の主は、"天壌《てんじょう》の劫火《ごうか》"アラストール。

シャナにフレイムヘイズとしての力を与える、"紅世《ぐぜ》の王"の一人である。彼は本体をシャナの身の内に眠《ねむ》らせ、意思のみを、このペンダント型の神器"コキュートス"によって表出させているのだった。

シャナはその、父や兄とも、師や友とも思っている異世界の魔人《まじん》に、明るい声で答える。

「そうね、いい案だわ」

「うあ、やぶ蛇《へび》だったか」

頭上、陽炎《かげろう》越しの曇天を仰ぐ悠二に、シャナはくすりと笑って返す。

「いいじゃない。おまえは今まで、夜の鍛錬では私を見物してるだけだったんだから。これで朝夜ともにめでたく当事者、日々を退屈せず過ごせるわ」

「ふう——ま、我流で取り返しのつかない失敗をするよりはいいか」

「そういうこと。今日のところは、私の力がどうやって編まれるか感じてなさい」

胸を張って偉《えら》ぶるシャナに、今度は悠二が悪戯《いたずら》っぽく笑って返す。

「昨日は、まだ上手《うま》くできないって言ってたくせに」

「うるさいうるさいうるさい、黙って感じる！」

怒鳴《どな》ってシャナは立ち上がった。炎髪《えんぱつ》と黒衣《こくい》が翻《ひるがえ》る。悠二の指先を挟《はさ》むだけのように繋《つな》いだ手は、そのまま。

この一月の間、シャナは悠二とともに真夜中、封絶《ふうぜつ》を張った坂井《さかい》家の屋根の上で、フレイムヘイズとしての鍛錬を続けていた。一月前の戦いで目覚めた新たな力に体を慣らし、確実に使えるよう研《と》ぎ澄ますためだった。

その新たに目覚めた力が、悠二の前で燃え上がる。

「——っは！」

鋭い掛け声とともに、シャナの背から紅蓮《ぐれん》の炎《ほのお》が噴《ふ》き出し、一対の翼となって広がった。天使と言うには凄絶《せいぜつ》に過ぎ、悪魔と言うには華麗《かれい》に過ぎる、それは戦士の姿だった。

悠二《ゆうじ》は再び、繋《つな》いだ手から自分の〝存在の力〟が彼女の体に流れ込み、新たな形へと変換される感触を得ていた。自分を……体などではなく、自分そのものを削《けず》るような薄ら寒い喪失感と、その削られた自分が彼女の翼となる、安らぎにも似た一体感があった。

人間にはこんな、〝存在の力〟を他《ほか》に渡すような真似《まね》はできない。やれば、その人間は消滅してしまう。

（僕だけ、僕だけができる）

つまり、そんな奇妙な満足感を抱《いだ》いているこの坂井悠二は、人間ではなかった。

正確には、彼は人間として生きていた坂井悠二の残り滓《かす》だった。一月《ひとつき》と少し前、『本物の坂《さか》井《い》悠二』は〝紅世《ぐぜ》の徒《ともがら》〟に〝存在の力〟を喰われ、死んだ。そして、〝徒〟がその残り滓で作った故人の代替物《だいたいぶつ》〝トーチ〟が……『今の坂井悠二』が、残された。

フレイムヘイズは、存在の消滅による世界の急速な歪《ゆが》みを感じ、〝徒〟を追う手がかりとしている。トーチはそんな、フレイムヘイズの感じる歪みを和《やわ》らげ、追跡を撹乱《かくらん》するために作られた道具なのだった。

記憶や人格を生前のままに持つトーチは、その身に僅《わず》かに残された〝存在の力〟をゆっくりと消耗《しょうもう》してゆく。日常を、喰われる前と変わらず過ごしつつも、徐々《じょじょ》に自身の気力や存在感、周囲との関わりや居場所をなくしてゆく。

そして、その人間を必要としない状態に人々が慣れた頃、ひっそりと消える。周囲の人々の記憶、自分がいたという痕跡《こんせき》、全《すべ》てが消える。そのことへの違和感も感じさせない。

あるいは死よりも恐ろしい、完璧なる消滅……それが〝紅世の徒〟に喰われた者の最期《さいご》、トーチの辿《たど》る末路《まつろ》なのだった。

今ここにいる悠二も、そんなトーチの一つ。

しかし、幸いなことに（と自分では思っている）、彼は〝ミステス〟という、体の中に〝紅世の徒〟の宝具《ほうぐ》を宿した特別なトーチだった。しかも、彼の中にある宝具は『零時迷子《れいじまいご》』という、時の事象に干渉する〝紅世の徒〟秘宝中の秘宝だった。

これはその昔、この世で一人の人間に恋した〝紅世の王〟が、その人間を『永遠の恋人』とするために作った永久機関で、日々消耗し続けるトーチの〝存在の力〟を、毎日零時に回復させるという力を持っていた。

この、凡人《ぼんじん》が身の内に収めるには大き過ぎる力を持つ宝具のおかげで、悠二は気力や人格を保ったまま、日々を暮らしてゆくことができた。

今のように……真夜中の零時前、回復する直前にある自分の〝存在の力〟を使って、シャナの鍛錬《たんれん》を手伝うことも。

「ふむ、もう翼は一瞬で構成することができるようになったな」

アラストールが合格点を出した。

シャナは表情に一瞬だけ嬉《うれ》しさの欠片《かけら》をよぎらせると、翼を火の粉《こ》に変えて散らした。再び表情を引き締めて答える。

「翼は実際に使って戦ったから、体がその感覚を覚えてるしね。他《ほか》は、あなたの全身の広がりを体得するまで……もう少しかかると思う」

「急ぐ必要はない。じっくりやるがいい」

「うん」

他者の〝存在の力〟を奪って使う〝紅世の徒《ぐぜともがら》〟と違って、シャナたちフレイムヘイズは〝王〟の器たる契約者の体に満ちる力を消費して活動する。いわば体力のようなもので、休めば回復もするが、常時戦場にあるも同然の彼女らとしては、無闇《むやみ》に自前《じまえ》の力を使うのは愚策《ぐさく》だった。

だからシャナとアラストールは、完全な回復の前提を持つ悠二《ゆうじ》を、その直前の時刻に、鍛錬《たんれん》のための力として使っているのだった。ほとんど無限の燃料タンクという扱いだったが、シャナの役に立っているという事実には違いがない。

(まあ、便利っていうのなら、それを存分に使ってもらえばいいのさ)

と悠二は割り切って、自分の存在、そのありのままを受け入れていた。

また、繋《つな》いだ手から微量の力が流れ出ていく。その力がシャナの中で練られ、編まれてゆく。

悠二は、その変化の感覚を摑《つか》もうと心がけた。

シャナが少し唸《うな》って、空《あ》いた方の手を前に突き出す。

「……ん……」

その手の周りに、翼を構成していたものと同質の、紅蓮《ぐれん》の火の粉が舞い始めた。程なく、腕の周りを炎の渦《うず》のように包んだ火の粉は、一つ流れに沿って宙を舞い、前へ前へと膨《ふく》らんでゆく。膨らむにつれて火の粉の密度は薄れ、形作るものの輪郭《りんかく》を立体的に巡る、紅蓮の張りぼてのようになっていた。

そうして暗夜に薄く現れ出でたものは、全長十メートルはあろうかという巨大な腕だった。鉤爪《かぎづめ》を指先に尖《とが》らす、鎧《よろい》とも生身ともつかないフォルムを持っている。

悠二はこの、炎で形作られた巨大な存在に覚えがあった。

以前、一度だけ見ることになった〝紅世〟の魔神《まじん》、〝天壌《てんじよう》の劫火《ごうか》〟アラストール顕現《けんげん》の姿……もっとも、悠二の記憶にあるそれは、さらに大きく、炎の密度も比べ物にならない壮絶なものだったが。

今シャナが行っているのは、紅蓮の双翼と同様の、アラストールの力を使いこなすための鍛錬なのだった。これまでシャナは、ほとんど単純な身体的能力だけで戦ってきたから、この力を自在に扱えるようになれば、戦いの幅をかなり広げることができるはずだった。

実は、契約した〝紅世の王〟が持つ超常の力を限定的にしか使えなかったことは、シャナの密かなコンプレックスだったらしい。一月《ひとつき》前の戦いの翌晩から、彼女は熱心にこの力の習得に励んでいた。その成果が、翼の一瞬の構成であり、また今、次のステップとして、アラストールの一部分の顕現《けんげん》に取り組んでいるのだった。

「僕が見たときより小さいな」

悠二《ゆうじ》の率直な感想に、シャナが素っ気なく答える。

「顕現の規模を押さえてるからよ。腕一本でも本物の姿と力で現そうとしたら、おまえなんかあっという間に消費しちゃう」

「そ、そう」

悠二の頬《ほお》が引きつる。

その様子を密かに面白がるシャナは、大きく腕を振り回した。と、表情一転、眉根《まゆね》が寄り、への字口になる。

「……やっぱり、まだまだね」

巨大な腕は、根元で振られたシャナの腕の動きに付いてゆけず、無数の火の粉《こ》を脱落させ、大きくしなっていた。まるで本物の張りぼてのようなこの在り様に、アラストールが、

「構成を維持できるだけの力を、まだ練ることができていないのだ」

と今度は厳しい採点を下す。

「うん……頑張《がんば》る」

わずかにしょんぼりして、シャナは伸ばした腕の先で拳《こぶし》を握る。それと同調して、火の粉の張りぼても拳を握る。

「だから、急ぐ必要はないと言っている。今日は『贄殿遮那《にえとののしゃな》』による構成を試してみよ。普段の、大太刀《おおだち》に我が力を通す感覚ならば慣れていよう」

「うん」

シャナは頷《うなず》き、握っていた拳をぱっと開いた。それに合わせて、巨大な火の粉の張りぼても一斉に暗夜の中に散る。

その、まさに咲くような火の粉の乱舞に悠二が目を奪われる間に、傍《かたわ》らのシャナは黒衣《こくい》の左腰あたりから、収まるはずのない刀を引き抜いていた。

彼女が命を預ける宝具《ほうぐ》、神通無比《じんつうむひ》の大太刀、『贄殿遮那《にえとののしゃな》』。

悠二が付けた〝シャナ〟の名の由来でもある。

持ち主の身の丈《たけ》ほどもある刃渡《はわた》りの、細くも厚い刀身が、殺伐《さつばつ》の光を閃《ひらめ》かせて前へと突き出される。

「――はあっ！」

シャナの掛け声に誘われるように、また一度、悠二の手から力が流れ出す。それはさっきの腕のときとは違う、鋭く走るような感覚。

その感覚をまさに形と現して、前方に突き出された『贄殿遮那《にえとののしゃな》』の先から、火の粉が一挙に巻いて、刀身の形を延ばした。

「やっぱり、武器だと力を集中させやすいみたい」

シャナは満足気に言って、本来の剣尖《けんせん》から伸びる火の粉《こ》の太刀《たち》を一振り、上へと差し上げた。

バオッ、と空気を燃やす音を引いて、巨大な太刀も同様の動きで天を突く。わずかにその刀身がしなって太刀行きを遅らせたが、腕でやったときと比べて、その形の維持ははるかにしっかりしているように見えた。

「アラストールは剣なんか持ってたっけ？」

悠二《ゆうじ》は自分の記憶を手繰《たぐ》る。まあ、前に見たときは自分も死にかけていて、じっくり眺めていられるほどの余裕《よゆう》はなかったのだが。

「これも、我の存在に含まれる性質の一つだ」

「……？」

アラストールが、例によって悠二には少し難しい言葉で、しかし丁寧《ていねい》に説明する。彼は〝天《てん》壌《じょう》の劫火《ごうか》〟などという物騒《ぶっそう》な真名《まな》に似合わない、世話焼きな人格者なのである。もっとも、とある事情から、悠二に対しては非常に厳しくなることもある。

「我ら〝紅世《ぐぜ》の徒《ともがら》〟は顕現《けんげん》の際、己が存在の性質をこの世に適合させた形で現す。貴様が見た〝蹂躙《じゅうりん》の爪牙《そうが》〟も、我らが〝紅世〟であの狼《おおかみ》の姿をしていたわけではない。己が存在の性質をこの世で現すため、あの姿を取ったのだ」

ややこしい言い回しだが、要するに『〝紅世の徒〟が本性をこの世に現すときは、自分の特徴に応じた形になる』ということだろうか（フリアグネが最後に鳥の形で吹き飛んだのも、あれが本性だった？）、と大筋で納得しつつ、悠二は天に突き立った炎《ほのお》の剣を見上げる。

「じゃあ、この剣も魔神《まじん》〝天壌の劫火〟のイメージの一つ？」

「正確には、私がアラストールに抱《いだ》いているイメージの一つ、かな」

とシャナ。

「我が存在の内には、太刀などの攻撃的な性質が含まれている、ということだ。その範疇《はんちゅう》にあれば、姿も〝自在〟に現せる」

「ふ～ん、たしかに火の魔神とかいったら、剣とか普通に持ってそうだもんな」

などともっともらしく言う悠二だが、彼の『魔神』に対するイメージは、せいぜいが国営放送で見た不動明王《ふどうみょうおう》や、古くも有名な特撮映画に出てくる埴輪《はにわ》もどき程度だったりする。

と、そのとき、

彼のポケットの中でアラームが鳴った。中に入れた携帯用の目覚し時計（この鍛錬《たんれん》のために買った物だ）を、ポケットの上から叩《たた》いて黙らせる。

「っと……もう時間だね」

午前零時《れいじ》がやってくるのだ。

「そう。じゃ、今日はここまで」

シャナは悠二《ゆうじ》の指先から手を離し、天の支柱のような火の粉《こ》の太刀を散らせた。ひらりと剣《けん》尖《せん》を返した『贄殿遮那《にえとののしゃな》』を黒衣《こくい》の左腰あたりに押し込み、その内に消す。

「……」

風切る音さえ立てない、その優雅な太刀捌《たちさば》きに、悠二は見蕩《みと》れる。

同時に、離された手に、夜毎の別れへの寂しさも感じていた。

この一月《ひとつき》、つき合わされているだけであるはずのこの鍛錬《たんれん》を、悠二は楽しんでいた。なぜそう思うのかという理由については、あえて深く考えない。そういうことはアレがナンだし僕はそんな趣味でなくていやもちろんシャナは綺麗《きれい》だと思うし決して嫌いというわけじゃ——

「——って、わあっ!?」

悠二のほんの鼻先で、いつの間にか再び座ったシャナが灼眼《しゃくがん》を凝《こ》らして、その顔を訝《いぶか》し気に覗《のぞ》き込んでいた。驚く悠二を見て、小さく首を傾げる。

「どうしたの、ボーっとして。〝存在の力〟、使いすぎたのかな?」

「そんなはずはないが……む、まさか貴様」

アラストールが、シャナの保護者としての勘を閃《ひらめ》かせた。

あわわ、なにを訊《き》かれる、どうかわそう、と慌《あわ》てる悠二の体の中に、唐突《とうとつ》に力が溢《あふ》れた。

「!——っとと、れ、零時《れいじ》か」

今日一日で消耗《しょうもう》した〝存在の力〟が、体の内にある秘宝『零時迷子《まいご》』によって回復したのだった。元はなんとも感じていなかったこの回復の感触も、シャナの鍛錬に付き合って〝存在の力〟を動かし続ける内に、はっきりと分かるようになっていた。

「……」

この様子に気を殺《そ》がれたのか、アラストールは追及するのを止《や》めてくれた。

悠二は、その誤魔化《ごまか》しついでに、というきっかけから声を出した。

「あのさ、この『零時迷子』のことなんだけど」

「なに」

訊かれたシャナの応対は素っ気ない。

もうそんな彼女に慣れ切っている悠二は、構わず続ける。

「僕って、これからどうなっていくんだ？」

「――」

即答するには重大過ぎる話を振られたシャナは、黙って次の言葉を待った。

「この一月ほど、自分を観察してきたんだ。〝存在の力〟を感じられるようになったのも、そのせい……おかげなんだ」

軽く訊くつもりだった悠二の声に、力が僅《わず》かにこもった。

彼の心底に隠され沈んでいたものが、この問いを切り口に、少しずつ表れてくる。

「僕の中の『零時迷子』は、毎日〝存在の力〟を回復させるだろ。でも、昨日までのことを全部リセットして、前の日の状態に戻してるわけじゃない。僕は授業で勉強したことはしっかり覚えてるし、朝の鍛錬《たんれん》でもそれなりに進歩してる」

シャナが今のように鍛錬しているのと同じく、悠二《ゆうじ》も早朝、庭で彼女に『根本的な戦い方』のようなものを教わっている。最近では彼女言うところの『殺し』の出だしを感じられるまでになっていた。まあ、感じるだけで、対処は全くできないのだが。

「さっきも、〝存在の力〟の流れを感じたり勝手に動かしたりできるようになってた。つまり、少しでも成長してるってことだろ、この僕が？」

悠二は、叫びこそしなかったが、切実な響きを声に込めていた。自分の心底に隠され沈んでいたもの、自分に問わせたものを、彼は声を紡《つむ》ぐことで、いつしか自覚していた。

それは、もうとっくに受け入れたはずの、『自分の行く末への恐れ』だった。

追い立てられるように、悠二は身を乗り出して訊《き》く。

「永久機関『零時迷子《れいじまいご》』を中に入れた〝ミステス〟が、大きくなったり年を取ったりするものなのか？」

そんな彼を鼻先に置いて、しかしシャナは動じず、いつものように明確に答えていた。

「分からない」

でも、と知っている事実もきっちりと伝える。

「おまえの前にそれを身の内に宿していた『永遠の恋人』は、行方不明《ゆくえ》になるまでの三百年間、

〝王〟と一緒に生きてたって言われてる」

「そう、か……」

恐れに直面する日が遠くなった気がして、悠二は安堵《あんど》の吐息《といき》を漏《も》らした。声の調子を落として訊く。

「そいつに、直《じか》に会ったことはないのか？」

シャナは、むっとなった。

「あるわけないでしょ。行方不明になってから百年は経《た》ってるのよ⁉」

そんな年じゃない、と言いたいらしい。

じゃあ何歳《さい》なんだ、と悠二は訊こうとして、止《や》めた。

むくれたシャナに代わって、アラストールが答える。

「あの『約束の二人《エンゲージ・リンク》』は互いの間でのみ〝存在の力〟をやり取りしていたため、世界のバランスに害を及ぼすような存在ではなかったのだ。その上、両者とも恐るべき使い手だった。これらがなにを意味するか、分かるか」

問いかけにものを思うは一秒、悠二は納得した。

「ああ、人を喰らわないからフレイムヘイズは討滅《とうめつ》する意味を持たない、すごく強かったから〝徒《ともがら》〟も襲う危険を冒《おか》そうとしない……だから誰からも注目されない、その詳《くわ》しい情報もないってことか」

（……全く、こ奴《やつ》……馬鹿《ばか》なのか利口《りこう》なのか……）

完璧な答えに満足気な声を返すのが癪《しゃく》なアラストールは、沈黙で肯定した。

また代わりにシャナが言う。

「私たちフレイムヘイズと同じ、不老《ふろう》だったのは確からしいけどね」

「じゃあ、僕も不老なのかな」

「三百年かけて答えを出してみたら？」

悠二《ゆうじ》は、荒唐無稽《こうとうむけい》に聞こえた冗談《じょうだん》に乾いた笑いを漏《も》らしかけて、

「三百――」

その奥に恐るべき広がりを感じ、凍《こお》り付いた。

不老。

聞こえはいいが、実際のところ、見かけだけでも今以上に成長しなかったら。

三百年などという想像も及ばない単位でなくても、十年、いや五年、自分がこのままだったら、周りの人々は、自分のことをどう思うだろうか。父さん、母さん、池《いけ》、佐藤《さとう》、田中《たなか》、吉田《よしだ》さん、クラスメート、近所の人たち、みんな、自分をどう扱うだろう。

今ここにある『トーチとなった坂井《さかい》悠二』という存在を、自分は受け入れた。

しかし、周囲の人々もそうであるとは限らないのだ。

今さらそれを感じた……それとも、そこまで感じられるほどの余裕《よゆう》ができたと言うべきか。

いずれにせよ、自分は絶対に世間並みな道を生きてゆけない。

その場で立ちすくみ、駄々《だだ》をこねるような段階は過ぎた。

しかし、いざ生きていこうにも、方途《ほうと》の見当が全くつかない。

そう、さっき自分が感じた『行く末への恐れ』は、もう納得して受け入れた、自分の命や存在に対してのものではなかった。もっと長く遠く不確かな、今生きる自分がこれから向かう場所……未来への不安だったのだ。

そんな今の自分に道筋を示してくれるかもしれない、あるいはもっと、一緒に歩いてくれるかもしれない少女が目の前にいる。いてくれている。

（……あ）

悠二は不意に気付いた。

自分の感じた未来への不安が、このシャナという少女の存在と表裏一体のものであるということに。シャナと一緒にいられないかもしれない……自分はそれをこそ、恐れたのだということに。

その恐れは、仮にでも自分に残されている、たった一つの選択肢さえなくなることに対して感じているものなのか。あるいは彼女に頼り、すがるような気持ちなのか。またあるいは道を示す指針としての価値を、彼女に認めているということなのか。

（違う）

そんな余計な思惑《おもわく》などない。

一緒にいたい、それだけなのだ。

今の会話の中で、一人の少年として憧れを持った言葉――『約束の二人《エンゲージ・リンク》』――『永遠の恋人』――が脳裏をよぎり、全く他愛のない妄想《もうそう》が溢《あふ》れる。

と突然、その中に紛《まぎ》れた一つのものが強烈な衝動《しょうどう》を生み出し、悠二《ゆうじ》に声を吐《は》かせた。

「シャナ」

い、い、い、
僕と一緒に、ずっと。

その、言葉にしなかった部分も全《すべ》て、完璧な響きで伝わった。

「――っ!!」

シャナはこの響きに打たれてようやく、悠二の焦《あせ》りの意味に気付いた。驚いた顔で、悠二と目を合わせる。

彼女は答えを返せなかった。いきなりそんな、真剣で大きな求めをぶつけられても、お互いの準備、覚悟、条件、確信、それ以外のたくさんのもの、全てが全く足りない。

「……」

「……!」

見つめ合う二人の間に沈黙が滞《とどこお》り、そしてすぐ、その重さに耐えかねたシャナが目線を逸《そ》らした。素早く立ち上がると、悠二の襟首《えりくび》を掴《つか》んで一跳《ひとと》び、彼の部屋の外にあるベランダへと舞

い降りる。

「うあたっ！」

シャナはわざと勢いをつけて悠二《ゆうじ》を落とし、自身はベランダの手すりに座る。外側に足を伸ばし、悠二に背を向けて。

「つ、つ……」

尻餅《しりもち》を派手についてうめく悠二は、坂井《さかい》家を囲んでいた封絶《ふうぜつ》が解けるのを感じた。

陽炎《かげろう》の壁と地の文字列が薄れて消え、因果《いんが》の流れが外部と繋《つな》がって動き出す。暗夜の下にないようである、街の動きと音が遠くから帰ってくる。

それに混じるように小さく、

「ねえ」

シャナが背中越しに言った。いつしか炎髪《えんぱつ》は黒く冷え、彼女の小さな後ろ姿を、黒衣《こくい》とともに夜に溶《と》かしている。

「その話、やめよ」

短い拒絶。

悠二は頭から冷水を浴びせられたように、儚《はかな》く脆《もろ》い妄想《もうそう》から覚めた。

「——あ……ご、ごめん……」

「いい。また明日」

シャナは今までの重い会話をさっぱりと水に流すように、軽く別れを告げる。

悠二も短く答える。

「……うん、おやすみ」

シャナは一梳《ひとす》き、髪を手で払うと、その収まる前に夜の中へと跳《と》び、消える。

悠二は、その梳いて流れた髪の間に、彼女の唇《くちびる》が動いていたのを見た気がした。

（おやすみ、って言ってくれたのかな……）

尻餅をついたみっともない格好のまま、シャナの去った暗夜の虚空《こくう》を呆然《ぼうぜん》と眺める。

彼女は、この街で平井《ひらい》ゆかりという悠二のクラスメートに偽装《ぎそう》して暮らしている。平井家は家族全員が〝徒《ともがら》〟に喰われ、トーチとなってしまっていた。彼女は、そこの一人娘《むすめ》の存在に割り込んで、一時的な居場所を作ったのだった。

そして、滞在も一月《ひとつき》を過ぎた今では、両親のトーチも消滅《しょうめつ》し、その居宅《きょたく》であるマンションには、もう彼女だけしか住んでいない。その親戚《しんせき》は平井家の夫婦の存在を忘れ、彼女は『遠縁らしい少女』と見なされている。高校生が一人でマンションに入居している、という不自然と不都合も、なんらかのきっかけで気付かれない限り、放置される。そういうことになっているものに、人はそうそう疑問を持てないのである。

この程度のことは、かつて一人の〝紅世《ぐぜ》の王〟に数多くの人間を喰われたこの御崎《みさき》市では、珍しくもない話だった。他《ほか》にも、親がいなかったことになった子供、子供がいなかったことになった親、夫がいなかったことになった妊婦《にんぷ》、養ってくれる家族がいなかったことになった老人、上司《じょうし》や部下《ぶか》、同僚《どうりょう》がいなかったことになった職場などが、この街には溢《あふ》れていた。

いかにトーチが他《ほか》への影響を減じながら消えるとはいっても、同じ場所で消える数が多すぎれば、自然、社会活動にも支障《ししょう》が出てくる。事実、街の各所では大小無数の混乱が起きていた。

後に残るのは、原因もそれまでの経過も不明瞭な、おかしな事実だけ。違和感もなく、いつの間にか不自然で困った事態にぶち当たっている。誰にもどうしようもなかった。

しかもこれは、消えた人数や混乱の規模こそ違え、御崎《みさき》市に限った話ではない。

世界は昔から、このような〝紅世《ぐぜ》の徒《ともがら》〟の撒《ま》き散らす歪《ゆが》みを内包し、軋《きし》みをあげて動いてきた。フレイムヘイズの使命は、その歪みを極力押さえ、〝徒〟を駆逐《くちく》することにある。

そんな使命を負うシャナがこの街に留まっているのは、悠二という〝ミステス〟の実態を観察するためだという。それが多分に名目的なものであり、実際は彼女の意思——好意と思いたい——によるものだということを、悠二《ゆうじ》は教えられこそしなかったが、知っていた。

（……あそこまで強い気持ちで決めたことさえ、ろくに守れないのか、僕は……）

一月《ひとつき》前の騒動で、自分はそんな彼女に負担をかけない、彼女を困らせない、なにより彼女にそうさせないために強くなる、と決めた。

それが……なんてことだろう。自分がその場の衝動《しょうどう》と逸《はや》る気持ちのまま、彼女にぶつけた無謀《むぼう》で無思慮で無鉄砲《むてっぽう》な求めは、まさにその負担、困らせることそのものだった。

分かっていたはずなのに。

（どうして、あんなことを）

悠二はそんな自分の不可解な衝動に、恐怖に近い戸惑《とまど》いを覚えていた。まるで胸の中に弾ける寸前のバネが入っているかのような、制御《せいぎょ》できない疼《うず》きが宿っている。まさか『零時迷子《れいじまいご》』の効果でもないだろうが。

（それとも……）

これが自分の青さ——とある人物に、そう指摘された——というやつの表れなのだろうか。

また衝動的に、ガツン、と後ろの壁に頭を思い切りぶつけた。

懲《こ》りない奴《やつ》だ、と思った。

「……なんなんだよ、ったく……！」

ただの餓鬼《がき》にとって、世界はどうしようもないこと、分からないことだらけだった。

2　雨中の決闘

夜が明けても、御崎市《みさきし》を覆《おお》う雲は依然厚い。

梅雨の気配が、温《ぬる》く湿気《しけ》た空気にじわりと染《し》みつつあった。

坂井家《さかい》の庭での早朝鍛錬《たんれん》の後、いつものようにじっくりと朝風呂をつかったシャナが、湯上がりのホコホコ顔で居間に戻ってきた。これもいつものようにズタボロにされた悠二《ゆうじ》は今、交代で風呂に入り、手早くシャワーを浴びている。

さっきまでの鍛練で、昨晩のことを引きずってげんなりしていた悠二を思いきり木の枝でぶっとばして活を入れ、最後にはいつもの調子に戻った……シャナはそのことに上機嫌になって、下手《へた》な鼻歌まで鳴らしていた。

彼女はすでに『坂井家の半日居候《いそうろう》』とでもいうような入り浸《びた》りぶりで、朝は毎日、夜も大抵、ここで食事を取っている。一応は実家ということになっている、彼女一人きりの平井家《ひらい》は、ほとんど寝床という扱いでしかない。

悠二の母・千草《ちぐさ》もそれを許す……どころか、大いに奨励《しょうれい》している。妙な所で世慣れない面を

見せるシャナが可愛《かわい》くてたまらないらしい彼女は、シャナが一人暮らしになった当初、

「せっかく部屋にも空《あ》きがあるんだし」

と、かなりしつこく坂井《さかい》家に下宿するように勧めていた（千草《ちぐさ》は、息子《むすこ》に間違いを起こせるほどの甲斐性《かいしょう》はないと思ったらしい……そしてそれは彼女の窺《うかが》い知らぬ理由で、完全無欠な事実だった）。坂井家は本来、父・母・息子の三人家族だが、一家の主である父・貫太郎《かんたろう》は海外に単身赴任《ふにん》中で、千草と悠二《ゆうじ》の二人暮しである。彼女を受け入れる余裕《よゆう》は十分にあった。

シャナの方も、おっとりしつつもしっかりしていて、隔意《かくい》も持たず賢明な（最後の評はアラストールによる）彼女が嫌いではなかったが、しかし結局、悠二と過度に馴《な》れ馴れしくなることへの反発から、これを断った。

千草は大いに残念がったが、機会があればまた持ち掛けるつもりでいるらしい。

「シャナちゃーん、食器並べておいてくれる？」

その千草が、隣の台所から暖簾《のれん》越しに声をかける。ちなみに、彼女はシャナの正体や事情を全く知らないが、悠二から「あだ名だからそう呼ぶように」と言われている。

「うん」

とシャナは軽く答えて、食卓の上に置かれた、三人分のハムエッグをまとめて盛った大皿、空《から》の茶碗《ちゃわん》やお椀などを並べてゆく。最後に、千草の白い箸《はし》、悠二の青い箸、そして自分の赤い箸を箸置きの上に置いて、完了。それら食器がきっちり並んだ様子に、うん、と満足げに頷《うなず》く。

「ありがとう」

言いつつ千草が、片手鍋《なべ》を持って入ってきた。食卓の真ん中の鍋敷きに鍋を置くと、その中身である味噌汁《みそしる》の、胸を和《なご》ませ腹を鳴かせるいい匂《にお》いが居間に広がる。

千草はそこでシャナの姿を改めて眺め、柔らかく微笑《ほほえ》んだ。

「うん、よく似合ってるわよ、シャナちゃん」

「そう」

素っ気なく答えるシャナの頬《ほお》に、しかし湯上がりというだけでない朱《しゅ》が差す。

彼女は今日から、高校の制服を夏服に替えていた。正確にはそれを用意したのは千草で、彼女は風呂に入る前にそれを手渡されたのだった。

千草は、彼女が一人暮らしだからという理由にかこつけて、主に服装関連で——多分に自分の趣味を交えつつ——世話を焼いている。この服も喜々として買いに行ったのだろう。

ちなみに、シャナはこの手の、自分には分からない物の必要経費を前もって千草に渡しているが、その分厚《ぶあつ》い封筒は先日、手付かずのまま戸棚の奥に放置されているのを、おやつを漁《あさ》っていた悠二によって発見されている。

そんな千草の揃えてくれた自分の新しい服を、シャナは少し意識して見下ろす。

落ち着いた深緑色はセーラーカラーと袖《そで》の縁《ふち》だけとなり、それ以外は眩《まぶ》しいほどの白。スカートもデザイン的には同じだが、生地《きじ》は薄手のものになっている。

その軽装（としか彼女は表現できない）に、体まで軽くなったように感じて、気分が良くなる。服に対して機能の他《ほか》に関心のなかった彼女は、坂井《さかい》家に来てから、その他の部分の楽しさや楽しみ方を千草《ちぐさ》に教わるようになっていた。

実際、それに限らず、千草は彼女の知らない不思議な知識の宝庫だった。

（フレイムヘイズになってから今まで、全部、自分でなんとかしてきた……けど）

分からないことがなかった、というより、やるべき事がはっきりし過ぎていた……要するに自分が単純な生き方をしてきたらしいことに、ようやくシャナは気付きつつあった。

もちろん、だからといって自分の使命と戦いを軽く思ったりはしない。それは自分と重なるもの、自分そのものだという確信はしっかりと持っている。しかし、それ以外のものがある、という新鮮な驚きを感じることも嫌《いや》ではなかった。

（そういえば）

シャナは、ここしばらく暇を見つけては調べていたことについて、そんな千草に訊《たず》ねてみようと思った。昨日の晩、悠二にあんなことを言われた、その戸惑《とまど》いや衝撃《しょうげき》も手伝っていたかもしれない。

「千草」

彼女は千草を対等な知人ととらえているので、物言いはタメである。千草の方も気にしていない。むしろ喜んでいる。

「なに？」

再び暖簾《のれん》をくぐって、朝のデザートらしき桃缶《ももかん》を手にした千草が入ってくる。

それにチラリと目をやりつつ、シャナは再び口を開く。

「一つ、訊《き》きたいことがあるの。ずっと調べてみたけど、やっぱり分からなかった」

「あら、なにかしら。難しいことは分からないけど」

そんなことない、と千草の名誉を心中で守ってから、シャナは簡潔に訊いた。

「キスって、どんな意味があるの？」

（――――っな!?）

その夏服の胸にも変わらず下げられた神器〝コキュートス〟に、常のように平衡静穏《へいこうせいおん》の意思を表していた〝天壌《てんじよう》の劫火《ごうか》〟アラストールは、突然訪れた驚天動地《きようてんどうち》の事態にも強力な自制心を発揮して、なんとか発声を押し止めた。

（なななななななななななななななななな）

以降は大いに心乱していたが。

千草は即答せず、頰《ほお》に手を置いて訊き返した。

「……どうしてそんなことを？」

わずかに眉《まゆ》が困った様子を示しているのは、息子《むすこ》が妙なことを吹き込んだのではないか、という懸念《けねん》からだったが、とりあえずそれは濡《ぬ》れ衣《ぎぬ》だった。

シャナが明快に答える。

「少し前、不安になったら私にキスしろ、って悠二《ゆうじ》に言った奴《やつ》がいたの。『それで、なにもかもが、すぐに分かる』って」

（そ、そうか⁉ おのれ〝螺旋《らせん》の風琴《ふうきん》〟め、余計なことを言い置いていきおって‼）

アラストールの放った壮絶な呪《のろ》いの波動を受けて、この世のどこかで清げな老紳士《しんし》が寒気《さむけ》を覚えた……かどうかは定かではない。

「悠ちゃんが変なこと言ったんじゃないのね？」

「……？ うん」

変なこと、の意味が分からないまま、シャナは頷《うなず》く。実際、悠二が言ったわけではない。

千草《ちぐさ》はそんな素直な少女の顔を見つめる。特別、思いつめた様子はない。どうやら深刻な悩みというほどでもない、興味や関心からの質問であるらしい。

「う～ん。どんな意味があるか……？ 簡単なようで難しいわね」

手にあった缶詰《かんづめ》を食卓に置いて、千草は自分の箸《はし》を前に腰を下ろす。

シャナもなんとなく、その対面、自分の箸を前にして座る。

（奥方《おくがた》！ くれぐれも良識的な回答を頼むぞ！）

アラストールの密《ひそ》かな期待を背負って、千草は口を開く。

「調べたって……そういえば、しばらく図書館なんかを回ってたみたいだけど、それも？」

「うん。でも、どの本を読んでも、前から知ってた程度のことしか出てこない。どんな対人作法《さ　ほう》かは知ってたし、見たこともある。けど、どうしてそれが悠二の不安に答えを出すのかが分からない。私が関係しているみたいだから、その行為の意味を知っておきたいの」

「小説とか文学とかは読んでないの？」

「個人の主観が入っているものは、適格な分析と論理的な思索の役に立たない、ってアラストールが言ってたから、重要文献を丸暗記しただけ。考察の対象にしたことない」

千草はシャナから、どうやら外国人らしいその人物の名を何度か、誇らしげに語るのを聞かされていた。

「アラストオルさんって、たしか遠くにいらっしゃる、お父さん代わりの方ね？　立派な見識をお持ちだわ」

「うん」

シャナは大切な人のことを誉《ほ》められて、少し得意になる。

ところが千草は、

「でも」

と続けた。

「？」

（？）

「こういう場合には、それじゃ分からないかもね」

「どういうこと」

千草《ちぐさ》は言葉を慎重《しんちょう》に選んで紡《つむ》ぐ。

「ん〜、そうね……資料なんかに載《の》ってるのは厳正な事実や理論で、それ以外のものがない。けれど、今シャナちゃんが考えてるのは、それ以外のもの……つまり、あやふやで完全な答えのない、心や感情のお話なの」

シャナはキョトンとした顔をする。それらは、全く考慮の外にある事柄だったらしい。

そんな純粋にすぎる少女に、千草は噛《か》んで含めるように言う。

「体を触れ合わせるっていうのが、親愛の情の表れだってことは分かってるわよね？」

「うん、キスもその動作の一つでしょう？　握手とか、抱《だ》き合うとか、みんなそうしてる」

「ん〜」

微妙にピントがずれている、と感じた千草は、少々乱暴に話を進めることにした。

「じゃあ、例えば、それを大好きなアラストオルさんにするのは、構わないわよね？」

いまいち映像としては思い浮かばないが、それでも当然のようにシャナは頷《うなず》く。

「うん」

（………）

「じゃあ」

手助けも過ぎるけれど、と悠二《ゆうじ》のためではなくシャナのために確認する。

「悠ちゃんとは、簡単にできる？」

「——えっ!?　ん、え、と……」

シャナは答えられなかった。徐々《じょじょ》に顔が伏せられてゆく。

（そ、それは奥方《おくがた》らしくもない、不見識《ふけんしき》な発言ではないか!?）

「改めて考えたら結構、恥ずかしいでしょう？　それがこのお話の核心。それに、キスってぃっても、ほっぺにするのと、口と口でするのとは、かなり意味も違うの。悠ちゃんにそのお話をした人が言ったのは、たぶん口と口の方ね」

（ぬ——ぬぬぬぬぬぬぬぬぬぬぬ）

かなり危険な領域に入りつつあると思しき話に、アラストールは歯噛《が》みしつつも手出しができない。

「……く、口と、口……？」

シャナは顔を伏せたまま、蚊《か》の鳴くような声を辛《かろ》うじて搾《しぼ》り出す。真《ま》っ赤《か》になった耳だけが見える。

「……そ、そんなの、やだ、されたくない……」

こわごわと言うシャナに、しかし千草は、うん、と満足気に頷いた。

「それでいいの。させちゃ駄目《だめ》。それはアラストオルさんにだってするものじゃないのよ？」

「えっ？」

（むっ？）

思わず顔を上げたシャナの目に、千草《ちぐさ》の浮かべる深く優しい笑みが映った。

「シャナちゃん。私はね、こう思っているの。口と口のキスは〝誓い〟のようなものだって」

「誓い……？」

「そう。自分の全《すべ》てに近付けてもいい、自分の全てを任せてもいい……そう誓う行為。それは親しい人たちに対するものと違う、もっと強くてどうしようもない気持ちを表す、決意の形。だから、その決意をさせるのに相応《ふさわ》しい相手でなければ絶対にするべきじゃないし、されるべきでもない。もちろん、人によって誓いを立てる頻度《ひんど》も守る力の強さも違うけれどね」

「……」

（……）

神妙《しんみょう》に聞き入る少女（と魔神《まじん》）に、千草は困った風に言う。

「悠ちゃんの不安っていうのは、きっと、あなたにそこまで認められているかどうかが分からなくて恐い、っていうことなのよ」

そこで、不意に悪戯《いたずら》っぽさが加わる。

「……でもね、女は、不安からそんなことしようとする男なんか、ぶっとばしてもいいことになってるの。シャナちゃんも、悠ちゃんがそんな誓いを交わせる男だと認められなかったら、遠慮なくぶっとばしてやりなさい。悠ちゃんは奥手《おくて》で野暮天《やぼてん》だけど、その場の勢いで迫ってくることもないとはいえないしね」

「……うん、分かった」

昨晩のことを思い出しつつ、シャナは頷く。嫌《いや》ならぶっとばす、それなら話は簡単だった。千草の話を聞くと、なんでも簡単に思えてくるから不思議だ。

その千草は頷き返し、最後にシャナのために念を押す。

「あんまり悠ちゃんを買い被《かぶ》っちゃだめよ？　自分を大切にして、安売りしないようにね。あなたはとっても高い。私が保証してあげる。だから、誓《ちか》いを交《か》わそうと思えるようになるまで、どんどん吹っかけて、悠ちゃんがハードルを越えてくるまで待つか、その次のハードルを用意するかしてなさい。それで諦《あきら》めたり挫《くじ》けたりするようなら、悠ちゃんの想いが弱いってことなんだから」

「う、うん」

悠二のことも自分のことも、全《すべ》て見透かしているかのような千草の言い様に、シャナは再び頬《ほお》を朱《しゅ》に染めた。

（むう……これでまとまったのか？　これで良かったのか？）

一方、アラストールは話が微妙《びみょう》に気に食わない結果で収まったことにイライラしていた。とにかく、千草ではなく、

（坂井悠二《さかいゆうじ》が全《すべ》て悪い）

と思うことにする。彼は紳士《しんし》で、ついでに坂井悠二には全く優しくないのだった。

「僕がなんだって？」

その悠二が、頭をタオルでガシガシ拭《ふ》きつつ居間に入ってきた。彼も今日から夏服——といっても男子の場合は詰襟《つめえり》を脱いで半袖《そで》シャツになっただけだが——に変わっている。

シャナは話の余韻《よいん》から少し緊張して、思わず顔を背《そむ》ける。

千草《ちぐさ》の方は落ち着いたもので、今の話を欠片《かけら》も匂《にお》わせず、

「それより、なにか言うことはない？」

と悠二に求める。

「へ？　なにを」

「シャナちゃん。分からない？」

よく似合ってるわよ、と千草が夏服になった自分を誉《ほ》めてくれたときの嬉《うれ》しさを思い出して、シャナは悠二にも同じことをわずかに期待した。横目で悠二を密かにうかがう。

その悠二は訝《いぶか》しげにシャナを見つめ、そして正解であることを疑いもせず叫んだ。

「……ああ！　白くなってる!?」

その、まるで間違い探しを当てるかのような声に、シャナは猛烈な不愉快さを感じてむくれ、千草は息子《むすこ》のどうしようもない鈍感さにため息をついた。

「な、なんだよ二人とも？　当たってるだろ？」

予想外のリアクションにうろたえる悠二《ゆうじ》を余所《よそ》に、

（うむ、やはり坂井《さかい》悠二が全《すべ》て悪い）

アラストールは一人、大いに得心《とくしん》した。


御崎《みさき》市は、非常に分かりやすい形をしている。

南北に走る一級河川・真南《まな》川を挟《はさ》んで、東側が都市機能の集中する市街地、西側がそのベッドタウンである住宅地、そしてちょうど市の中心となる場所に大鉄橋・御崎大橋が渡されている、というものである。

悠二たちの通う市立御崎高校は、住宅地中ほどの大通り沿いにあった。周囲は全て住宅に押し詰められているため、敷地は非常に狭い。

今にも降り出しそうな曇天の下、その狭い敷地に見合った狭いグラウンドのトラックを、悠二たち一年二組の生徒たちがそれぞれのペースで走っていた。

この昼前、四時間目の体育というのは、体力的な意味で一日の山場である。おまけに梅雨入りの時節も祟《たた》って、風はまるでぬるま湯の中を泳ぐような湿気を漂《ただよ》わせ、生徒たちの全身にベトベトした汗を滲《にじ》ませる。

しかし唯一の、そして生徒にとって最大の幸いは、授業が無駄《むだ》にキツい内容のものではないということだった。

「ふー、は、は、ふー、は、は」

規則正しい息遣《づか》いでトラックをのんびりと走るメガネマン池速人《いけはやと》に、後ろから猛進《もうしん》してきた田中栄太《たなかえいた》が声をかけた。

「はーっはっは、一周、遅れたぞー」

田中は横に並ぶと、速度を緩《ゆる》める。大柄だがスリムでもある体軀《たいく》はしなやかで、息もほとんど乱していない。まさに快走だった。愛嬌《あいきょう》のある顔立ちも、運動時には非常に頼もしく見える。

池は、疲労よりも湿気からかいた汗を手で拭《ぬぐ》いつつ答える。

「時間内、は、走ればいいだけだから、速く走る必要、ないだろ」

「ホント、最近、元気だな、佐藤《さとう》まで」

池と並んで淡々と走っていた悠二《ゆうじ》が言って、田中の後に続く、こっちはそのペースに付き合ってかなり苦しげな佐藤啓作《けいさく》に目をやった。

「……トレ、ニング、だよ、トレ、ニング……」

とりあえず美をつけても良い容姿の少年が喘《あえ》ぎ喘ぎ、二人のここ最近の決まり文句を返す。

クラスでも元気なお調子者と見なされているこのコンビは、部活動に良い印象を持っていないとかで、単に興味のない悠二や池と同じ帰宅部である。なのになぜトレーニングが必要なのか、彼らは言わない。悠二《ゆうじ》たちも詮索《せんさく》する気はない。

ときおり二人して休むようにもなっていたが、特別切羽詰《せっぱつ》まった様子は見られない。本当に困ったら自分たちに言うだろう、と池《いけ》は結論付けている。悠二も同感だった。

と、田中《たなか》はその前方に、ポテポテと競歩程度の速さで走る少女の姿を認め、声をかけた。

「お、吉田《よしだ》さーん、だいじょーぶ?」

軽く足を飛ばして、駆《か》け寄ってゆく。

その頑健《がんけん》さに呆《あき》れつつ、残された三人も、悠二と池からは一周、田中と佐藤《さとう》からは二周遅れとなった少女に追いつく。

「だ、だい、じょぶ、で、です」

その少女・吉田一美《かずみ》は、控えめな印象ながら可愛《かわい》らしい容貌《ようぼう》に疲労の色を浮かべつつも、律義《りちぎ》に答える。足が遅いのは怠《なま》けているのではない。運動の苦手な彼女には、これが精一杯のペースなのだった。

池が、今ではもう義務のように彼女を気遣《づか》う。

「疲れたら、歩けって、言ってんだし、急ぐことないよ」

彼の言うとおり、今のこのランニングは、準備体操と繋《つな》がる時間制のウォーミングアップだったから、体を動かし続けてさえいればよかった。実際、他《ほか》の生徒も含めて露骨《ろこつ》に疲れた様子を見せているのは、無理して田中のペースに合わせた佐藤だけである。

「そー、そー、歩けば、ひーよ」

その佐藤がヨレヨレしつつ言う。

吉田は以前、他でもないこの授業のランニングで倒れたことがある。軽いウォーミングアップとは言え、皆が体育の授業のある毎に心配するのも当然ではあった。

しかし彼女は微笑《ほほえ》みとともに、同じ言葉を繰り返す。

「だい、じょぶです」

その顔色は、無理をしている、ではなく、頑張《がんば》っている、の範疇《はんちゅう》にあるように見える。

（本当に大丈夫そうだなブ）

「ッ!?」

思うだけで済まそうとした悠二の脇腹《わきばら》に一撃、池が肘《ひじ》を入れていた。

思わず涙目で横を睨《にら》むと、それに負けない険《けわ》しい顔をした池が、顎《あご》で前を指す。中学からの付き合いも長い。彼がなにを言いたいのかはすぐ分かった。一連の様子に吹き出しそうになっている佐藤と田中を無視して、二、三歩前を行く吉田に声をかける。

「……よ、吉田さん、本当に辛《つら》かったら、言わないと、駄目《だめ》だよ」

その効果は覿面《てきめん》だった。

吉田はもの凄《すご》い勢いで振り返ると、かえって息を乱すほどに動揺し、切れ切れに声を返す。

「えっ、は、ははい、だいじょう、ぶなんで、そう、なんとも、です」

そんな自覚のない好意の表れる様子を、悠二《ゆうじ》は素直に嬉《うれ》しく思う。

彼女は物好きにも、悠二に好意を抱《いだ》いているのだった。そして池《いけ》はそんな彼女を、お節介《せっかい》精神を全開にして助けていた。悠二に一世一代の告白をした（と吉田《よしだ》自身は思っている）一月《ひとつき》程前から、この二人は共闘して、悠二ではなく、強敵・平井《ひらい》ゆかりと対決している。

その平井ゆかりことシャナも、これまた強烈な対抗意識を吉田に対して燃やしている。いるのだが、

（やきもちを焼く、ってストレートに言うには、どうもシャナの気持ちがよく分からな……いやまあ、ムニャムニャ……）

ともかく、その二人の間に挟《はさ》まれ、シーソーの支点のように負担をかけられ続けている悠二は、実はかなり参《まい》っている。

吉田のことは、もちろん好きだった。ひっそりと咲く野の花のような可愛《かわい》さ、ほっとさせられる笑顔や優しさ、美味《おい》しい弁当まで作ってくれる。

しかし、

（僕は人間じゃない……本物はすでに死んでいる……ここにいる僕はただの残り滓《かす》なんだ……そんな僕が、彼女の好意に応《こた》えるようなことをしてもいいんだろうか）

そこで悠二の思考はストップしてしまう。

そしてもう一方。

シャナ（なんで後になるのよ、という声が聞こえてきそうだ）のことも……もちろん、まあ、好きなのだ（なによその間と表現は、という声が以下略）。尊敬と憧憬《どうけい》を同時に抱《いだ》かされる、たくさんの強さと圧倒的な格好よさ、そして、時折見せる脆《もろ》さと可憐《かれん》さ。

しかし、

（これからの僕は……いつそうなれる資格を手に入れられるかは分からないけれど……彼女と一緒にいるしかない、そんな打算からすがるような真似《まね》をしていいんだろうか）

やはり悠二の思考はストップする。

結局は決定的な気持ちをどちらにも持てていないことが理由なのだろうか。いや、それならシャナには、死線を潜《くぐ》る度に大きく強い気持ちを感じている。しかし、それは恋愛感情なんだろうか。吉田さんに向けている好意も、人間としての生への未練《みれん》なのかもしれない。

想いは延々《えんえん》、空回りを続けていた。

相手の好意に甘えた、自意識過剰気味で中途半端《はんぱ》な悩み……と自分でも分かってはいたが、心の一方では、悩んで悪いか、と開き直ってもいる。

（答えが出ないんだから、悩むしかないじゃないか）

などと理屈以前の言い訳をしながら、悠二は脇腹をさする。

（そういえば、吉田さんに好かれるようになったのは、この体育の授業でシャナが騒動を起こしたからだったっけ）

体育教師がいきなり行わせた（この理由が他《ほか》でもないシャナにあったことを、悠二《ゆうじ》もシャナも知らない）無制限ランニングで倒れた吉田《よしだ》をシャナが成り行きから助け、体育教師をぶっとばし……そしてオマケのように一緒にいた悠二が、なぜか吉田に好意を持たれたのだ。

（シャナがいなければ吉田さんに好かれることもなかった、ってのは皮肉な話だよな……）

そんな騒動を経た今では、かつては無意味なシゴキが多々見られたこの授業にも、かなりの改善がなされている。鼻っ柱をへシ折られた体育教師からは無意味な権高《けんだか》さが消え、ついでに女子生徒をいやらしい目で見ることもなくなった。

生徒の方も騒動の後、この体育教師を馬鹿《ばか》にしたり授業を邪魔《じゃま》したりはしなかった。もちろん善意からではない。平井《ひらい》ゆかりの前で無様《ぶざま》なことをやれば、今度は自分に害が及ぶ、という恐れも少しはあったが、なにより体育教師が適正で効率的な授業を行うようになった、その事実があるためだった。

生徒の大半は授業において、教師の人格などではなく、まさにその点をこそ評価する。教師の本質がどんな人間だろうと、改善の理由が行為への反省だろうと恐怖からの妥協だろうと、授業さえ快適に行われていれば文句など大して出ないのだった。

「そろそろ時間ね」

その無意識の改革者であるシャナが、まとまって走っていた悠二たちの後ろから追いついてきた。田中《たなか》のようにガンガン飛ばすのではなく、自分の体を温める適度な速さで走っていたものらしい。

以前はブカブカだった体操服も、今では千草《ちぐさ》によってぴったりなものを揃えられている。髪はツインテールにまとめられていた。

ここ最近の体育の時間、彼女はクラスメイトにヘアスタイルのコーディネートを受けるようになっている。綺麗《きれい》で長い、いじりがいのある髪ということらしい。彼女もまんざらではないようで、無愛想《ぶあいそう》ながらそのお遊びに付き合っている。佐藤《さとう》によると、男子生徒も密かに楽しみにしているらしい。

（……いい、ことだよな……うん……）

シャナが他の生徒たちに馴染《なじ》んでゆく、そんな姿に悠二は複雑な気持ちを持った。

彼女の言った通り、体育教師の笛《ふえ》がウォーミングアップの時間の終わりを告げる。

結局のところ——悠二が少し前に自身の成り行きの中で確認したように——人間とは慣れる生き物であるらしい。

トーチとなってしまった悠二のクラスメイト、平井ゆかりの存在を借りたシャナが、この高校に現れてから一月《ひとつき》余。

その『教師への無条件の敬意を持たない生徒への制裁《せいさい》』、および『完全殲滅《せんめつ》に近い返り討ち』

という大騒動は今では完全に沈静化していた。

シャナの態度は変わらない。変わったのは教師たちの方だった。彼らは各々、平井《ひらい》ゆかりへの効果的な対処法を見出し、彼女を日常化したのだった。

求められれば容赦《ようしゃ》なく的確に授業の不備を指摘する彼女は、しかし自身に干渉されない限りは無害な存在だった。無視していれば、余計な波風も立たない。

彼らの大半は、本質的には『勤め人』であって、他者に偶像視させたがる『聖職者』とかいうフィクションの存在ではなかったから、自分の生活やアイデンティティを賭《か》けてまで一生徒の授業態度にかかずらわる手間も暇も意欲も持とうとはしなかった。

ただ、一部には自分が『教育者』であるという正確な認識を持ち、彼女と大いに論じ合うことで（というにはあまりに一方的だったが）、この技能向上に燃える例外もいた。

あくまで一部、例外ではあったが、他《ほか》の生徒はそんな現象の余波というか恩恵というかを受けて、効率的で真剣味に溢《あふ》れた授業を受けることができた。その意味では彼女は、たまに起こす騒動を除けば、生徒たちに大いにありがたがられる存在となっていた。

また、どれだけ酷《ひど》い目に遇《あ》わされた教師でも、彼女の行為が謂《いわ》れのない誹謗《ひぼう》中傷やポーズとしての反抗でないことくらいは理解できた。当初は無視を決め込んでいた教師の一部も、ほんの少しずつ彼女に意見を求め始めていた。

とはいえ全体を見れば、教師たちに教育理想追求の気運が盛り上がった、というわけでもない。つまらない授業が少し減った、くらいである。

　フレイムヘイズの少女によって起きた学校の変化というのは、実際この程度だった。


　一年二組の生徒たちがトラックの中央に集まる。

　以前は、整列するまでは話をしない、と決めていた体育教師も、今では雑談する者がいないことを確認しただけで、さっさと話を始める。

「ようし、聞け。今日は自由競技とする」

　実は、彼の受け持ちクラスでの体力測定は、学年にもう一人いる体育教師の方と比べてかなり早く済んでしまった。これはその足並みを揃えるための時間潰《つぶ》しだった。もちろん、そのあたりの事情は、いろいろと気分が悪くなるので口にはしない。

「とりあえず、このトラック内のコートでできるやつだ。全員で意見を出せ」

「自由時間は駄目《だめ》なんですかー」

　生徒の一人が言って、周囲の笑いを誘う。

「駄目だ。他のクラスが目の前で測定をやってるからな」

　意見をまとめようとしても、どうせ雑談になってしまうだけなので、体育教師は手早く進行させる方式を取る。

「じゃあ、端《はし》から一人ずつ、やりたい競技を言ってけ」

生徒たちはそれぞれ、思いついたもの、やりたいものを順に上げてゆく。野球など道具を揃えるのが面倒くさいもの、バスケなど忙しすぎるものは周囲から文句が出、サッカーなど場所を取るものは体育教師が却下した。一度目でそんな濾過《ろか》作業を終えると、もう一巡させて、挙がった競技の中から多数決を採る。

そして結局、ドッジボールという小学生のような結論に落ち着いた。

文句もあまり出なかった。どうせ暇潰《つぶ》しだし、手軽な方がよかった。誰でもルールを知っている、余った連中は周りで見物できる、という点も支持を集めた。

ただ、ルール云々に関しては、例外が一人いた。

「どっじぼーる?」

シャナが、新しい競技の登場の度に行うように、首を傾げた。

「なんだ、やっぱり平井《ひらい》さん知らないの?」

「あ、私が教えたげる」

「前のソフトボールより、ずっと簡単だよ」

これも最近の恒例《こうれい》として、女子生徒たちが彼女の周りに集まってワイワイ始める。

そこに体育教師が手を叩《たた》いて言う。

「ほれ、喋《しゃべ》ってないでチーム組むぞ。男女混合の出席番号順でいいな。こうすれば平井の入ったチームは後になるから、その間に同じチームの奴《やつ》が説明してやれ」

彼は全く自覚していないし、すれば顔を顰《しか》めたろうが、騒動前とは比べ物にならないほど手際が良くなっていた。

ハーイ、と背中越しに舌を出したり素直に従ったりして、チームがAからE、五つ組まれる。

出席番号順だと、池速人《いけはやと》がA、坂井悠二《さかいゆうじ》と佐藤啓作《さとうけいさく》がB、田中栄太《たなかえいた》がC、平井ゆかりことシャナがD、吉田一美《よしだかずみ》がEと、いつもの面々は見事にばらける。

やがて簡単な勝ち抜きルールを決めたり、適当にグラウンドを引っかいてラインを作ったりする間もわずか、ドッジボールは始まった。

初戦は、池の入ったAチームと、悠二と佐藤の入ったBチームである。

その間、他《ほか》のチームは周りでギャラリーとなり、シャナには同じDチームの生徒たちがドッジボールの説明をする。当初はシャナという特異な存在を腫《は》れ物に触るように扱っていたクラスメイトたちも、最近では慣れて、尊重しつつも過度な警戒心は持たなくなっていた。

悠二も、非常識かつ即時決断実行する彼女と別行動する不安をいつしか薄れさせていたが、代わりにある気持ちを感じ始めていた。

「……」

コート内をうろつく悠二の目の端《はし》に、Dチームの生徒たちがシャナに親しげに話しかける様子がよぎった。さっきのランニングのときにも感じた、嫌《いや》な気持ちが湧《わ》き上がるのを感じる。

寂しさと不愉快さを混ぜたような、嫌《いや》な気持ち。

(彼女のことをなにも知らないくせに)

と、男子生徒が一人、調子に乗って身を乗り出してシャナに話を、

(——この!?)

「あ、バカ!」

横から佐藤《さとう》の声が聞こえた途端《とたん》、

「へ、ブッ!?」

いつしか止まって真横を向いていた悠二《ゆうじ》は、その頬《ほお》に思い切り——審判をしていた体育教師が快哉《かいさい》を叫ぶのも忘れたほどに——ボールを喰らい、間抜けな声とともにひっくり返った。

「うわっ! さ、坂井《さかい》、大丈夫か?」

叫んだのは、ボールを投げた池《いけ》だった。ここまでまともに喰らうとは思っていなかったらしい。体育教師も駆《か》け寄って応急手当をしようとするが、悠二はオーバーに扱われるのが恥ずかしくなって、すぐに起き上がった。その足がふらつく。

「軽い脳震盪《のうしんとう》だ。顔面ルールとか言ってる場合じゃないな、座って休んでろ」

この際、体育教師の言うことの方が正しかった。

はい、と悠二は元気なく返事してヨレヨレと歩き、すでにアウトになった負け組の集合場所に、同情混じりの笑いをもって迎えられる。

それを見ていたDチームの女子生徒たちが、

「ありゃー、カッコ悪ーい」

「最近、坂井君って結構いいかなって思ってたのに、今のはちょっとゲンメツねー」

などと好き勝手に騒ぐ。シャナの前でも気にしないのは、半ばクラス公認の仲とはいえ、彼女が悠二に対して非常に厳しく、ときに無関心でさえあるのが分かっているからである。

そのシャナはこのときも、なにやってんのかしら、と眉《まゆ》を顰《ひそ》めて見せただけだった。もちろん、悠二の醜態《しゅうたい》の原因が自分にあるなどとは夢にも思っていない。

やがて池のAチームが勝ち、田中《たなか》のいるCチームとシャナのいるDチームがコートに入る。

Bチームで最後まで頑張《がんば》っていた佐藤が悠二に、なにやってんだよー、と文句をつける背後で、クラスに緊張と興奮が生まれる。

「気張れよ田中ぁ！」

「いよーっ、待ってました御大将《おんたいしょう》！」

「平井さーん、頑張って！」

「体力バカに負けないでよー！」

田中栄太《えいた》バーサス平井ゆかり。

この手の競技がある度に繰り広げられる、クラスの一大イベントの始まりだった。

本来フレイムヘイズとして人間の遠く及ばない身体能力を持つシャナは、体育の授業においいてそれを発揮すると色々と都合が悪い、ということを例の騒動の後、悠二《ゆうじ》に教えられた。

その対処法として、彼女は厳正な審査を経て、この学校で『最強の使い手』(と大げさな表現をした)と認定した田中《たなか》に、単純な腕力から反射神経、体捌《たいさば》きなど身体能力のボルテージを合わせることにした。

「まだ一年なのに？　田中って、そんなに凄《すご》い奴《やつ》なんだ」

と間抜けな感嘆を見せた悠二を、シャナは、

「そんな見極めもできないから、まだまだだってのよ」

と軽く斬《き》り捨てた。

ともかく彼女は、どんなに不利になっても、結果が気に食わないものになろうとも、その規範を逸脱《いつだつ》しないと決めた。とにかく彼女は『手抜き』という概念が嫌いなのだった。

尋常《じんじょう》の勝負がどうのというのではなくて、不利に陥ったり負傷したときの対処を鍛錬《たんれん》するために、こういうことをしているらしい。まあ、事情はどうあれ、両者の勝負が非常に緊迫したものとなることに違いはない。ドッジボールもその例外ではなかった。

いやむしろドッジボールは、その競技を始められる年齢《ねんれい》が低いため、和《なご》やかなイメージを抱《いだ》かれがちだが、実は相応の実力者が両チームにいると、互いの直接対決が延々《えんえん》続く、熾烈《しれつ》なスポーツとなる。

シャナは、先の理由によって常に真剣である。

田中は、非常にノリのいい男である。

つまり、両者に遊びの妥協はない。

梅雨のムシムシした空気のせいだけではない、異様な熱気がコートに満ちる。男女混合なので、普通は他《ほか》の女子同様、外野に回るはずのシャナは、当然のように内野にいた。

ジャンケンでボールを手にした田中が、センターラインを挟《はさ》んで仁王《におう》立《だ》ちに対峙《たいじ》するシャナに、挑発的な口調で言う。

「ふっふっふ、ソフトでの凡退《ぼんたい》の借りを、今日、この場で返すぜ。泣いてくれるなよ、平井《ひらい》ちゃん。俺《おれ》が悪者になるからな」

今にも灼眼《しゃくがん》が紅蓮《ぐれん》に煌《きらめ》きそうな剣幕《けんまく》で、シャナが返す。

「ふん、どうせ負けは決まってるんだから、無駄《むだ》に疲れる前に降参《こうさん》したら？　優しく当ててたげるわよ」

両者、高低差の激しい視線が激突し、同時に離れる。

「──よし、始め！」

体育教師までが真剣な声で叫び、笛《ふえ》が吹かれる。

激闘が始まった。

「田中《たなか》ぁ！　こんなとこで負けてんなよ!?」

佐藤《さとう》が、彼ら二人の間でしか通じない、頑張《がんば》る理由のある者を焚《た》き付ける声を放る。

彼を始め、クラスの全員がシャナと田中の激突に熱中していた。暇潰《つぶ》しとはいえ勝負事、しかも真剣というのは面白いものである。

主に男子が田中、女子がシャナを応援していた。別に面子《めんつ》やら贔屓《ひいき》やらが理由ではない。対決には、単純な図式の方がノれるからである。

その輪の外で座って休んでいた悠二《ゆうじ》に、

「あの、大丈夫、ですか？」

と吉田《よしだ》が声をかけた。

「ああ、うん、もうなんともないよ」

「でも、少しアザになって……」

吉田はその隣にしゃがんで、まだ赤く腫《は》れた頬《ほお》を気遣《づか》わしげに見る。

「いや、こんな程度、毎朝さんざ——っと!?」

「？」

「ま、まあ、とにかく大したことないよ」

危うく口を滑《すべ》らせそうになった悠二は、誤魔化《ごまか》すように頬を押さえようとした。

と、その手が、吉田の伸ばしていた手と触れ合った。

「あっ！　ごご、ごめんなさい、少し、血が滲《にじ》んでたから……」

慌《あわ》てて手を引っ込めた吉田の手には、ハンカチが握られていた。

「いやこ、こっちこそ、ごめん！　それよりハンカチ、汚《よご》れるからいいよ」

こんなところをシャナに見られたら、と思うと寒気《さむけ》がする。明日の朝といわず今夜にでも、どんな理由をつけて酷《ひど》い目に遭わされるか、知れたものではない。

「でも……、あ」

悠二の様子を遠慮と思い、声を継《つ》ごうとした吉田の頬に、大きな雨粒が一つ当たった。

「わっ、雨か」

言って悠二は立ち上がった。

真昼を塞《ふさ》ぐ曇天から、不意な騒音を伴って、無数の水滴が舞い散り始めていた。


もちろん……ではなく、たまたまシャナはその二人の様子を見ていた。

猛烈な球速で雑魚《ざこ》を一掃せんとする田中が二人、巧みなフェイントで田中の次に厄介《やっかい》な敵をシャナが一人、それぞれ撃破して、ゲームにもジワジワと二人の直接対決ムードが盛り上がりつつあった。

そんな中、残ったチームメートに自分の守備範囲を教えて、そこ以外に飛ぶ球だけを取らせ

るべく（もうこの競技のコツを見抜いたのだ）、指示を叫ぼうとしたその目に、

「！」

悠二《ゆうじ》と吉田《よしだ》の手が触れ合う光景が入った。

「――っ⁉」

シャナは思わず驚きの声を出しそうになった。ハンカチは見えていて、しかし見えていなかった。ただ二人が触れ合っている、それだけを感じた。それだけのことに、なぜか爆発するような怒りと胸をかきむしられるような痛みを覚えた。自分が足を止めたことにさえ気付かなかった。

そんな彼女の内心を知らない田中《たなか》は、それを隙と見た。

（もらった‼）

声に出して相手に注意を喚起するような馬鹿《ばか》な真似《まね》はしない。

「――っ」

平井《ひらい》ちゃん、とチームメートが声を出す、その先触れを感じて、シャナはボールが迫っていることにようやく気付いた。

「っは⁉」

体《たい》をかわす距離がない。体勢を整える暇もなかった。田中の剛球《ごうきゅう》を不完全な形で受け止めて、シャナは吹っ飛んだ。思い切り尻餅《しりもち》を付くが、

「っ、と！」

ボールは小さな体にしっかりと抱《かか》え込まれていた。

「……これは、セーフなのよね？」

「かーっ！　なんてしぶとい奴《やつ》だ、ったく！」

三流悪役のような台詞《せりふ》を吐《は》いて、田中が地団駄《じだんだ》を踏んだ。

この、恐らくは今日最大の見せ場にギャラリーも湧《わ》いたが、しかし突然、豪雨が彼らの頭に文字通りの冷水をぶっかけた。

「わーっ、雨!?」

「ちょちょ、やーん」

「うひょう、強《つよ》っ！」

大騒ぎするクラスメートたちの真ん中で、田中が尻餅をついたままのシャナに声をかける。

「よう、平井ちゃん、あのさ」

もちろん、試合続行の要請である。中途半端《はんぱ》は面白くなかったし、いい球を受け取られた悔しさもある。やらなければ収まりが付かなかった。

「いいわよ、別に」

ボールを抱えて座るシャナも、田中を見上げて不敵に答える。

体に鬱屈《うつくつ》している嫌《いや》な腹立ちを、この勝負に思い切りぶつけたかった。もちろん、悠二にぶつける分は別に取ってある。これは、また後で。

他《ほか》のクラスは降り始めでとっくに校庭から逃げ出していたが、この二人の様子を見た男子は面白がって大声で囃《はや》す。

「いいぞーやれやれー」

「こんなベストバウト、中断はねえだろー!」

女子は皆、すぐにも逃げ散りたがっていたが、一人が上げた声で情勢が変わった。

「あーっ! 平井《ひらい》さん、お尻《しり》お尻!」

「?」

シャナは言われて初めて、視線を下に向けた。不意な豪雨のせいで、彼女の小さなお尻は泥に沈んだようになってしまっていた。長いツインテールの髪も地面に着いて、泥の中でグシャグシャに乱れている。彼女自身はこれをなんとも思わず、立ち上がって軽く泥を払っただけだったが、周りの女子の反応は劇的だった。

「わっ、ひどっ!」

「ドロドロー」

「田中《たなか》ー、なにすんのよー!」

大騒ぎになった。

「ん、んなこと言ったって、俺《おれ》が倒したのは雨が降る前だろ!?」

という田中にしては珍しく筋の通った申し開きも通じない。

「うわ、言い訳する気？」

「最低ー！」

いきなり極悪人《ごくあくにん》扱いである。

「まあまあ、別に悪気あったわけじゃないんだし」

と佐藤《さとう》がとりなしかけたが、

「なによ、佐藤君、女の敵を庇《かば》う気ー？」

「いえ、じゃあ存分にどーぞ」

と女子の一言であっさり前言を撤回する。

「こ、この裏切り者ー！」

田中が悲痛な絶叫を上げる。

と、それを無視して、

「あ、そうだ！」

女子の一人、背の高いスリムな少女が声を張り上げた。

「クラブハウスのシャワー室、使わない!? あそこ、ヒーターで下着も乾かせるし、備え付けのタオルもロッカーにいっぱいしまってあるよ」

「えー、勝手にそんなことしていいの、緒方《おがた》？」

「だいじょーぶ、先輩《せんぱい》たちも、こういうときはごねて使わせてもらうって聞いたし」

「さーすが一年レギュラー、オガちゃん偉《えら》い！」

「女子バレー部期待のホープはウラワザ伝授も完璧ですな」

「ねえ、先生、いいでしょう⁉」

「先生！」

女子生徒たちはズイズイと体育教師に詰め寄る。自分たちの身だしなみが問題になると、女性の迫力は増す。幸いというべきか、時間もまだ早かった。昼休みまでたっぷり三十分、シャワーを浴びるには十分な時間である。

「あ〜、し、しかしだな〜」

迷う体育教師に、ウラワザ伝承者たる緒方が言う。

「コレが原因で生徒が風邪《かぜ》ひいたら先生も嫌《いや》でしょ？　罰として、、、後で体育用具室の掃除もしますから。お願いします！」

思い切り頭を下げた。運動部秘伝のウラワザは、ここまでの動作も含まれる。教師に、生徒を風邪から守るという大義名分を与え、規則違反にはそれに見合う罰を受けると約束することで、双方の妥協点を見つけるのである（もちろん女子バレー部の伝統では、罰の実行は男子に任せることになっている）。

実のところ、シャワーの融通《ゆうずう》は体育教師にとっても半ば暗黙の伝統だったりする。一年からそれを求められるのは珍しいが、まあ、このクラスは特別か、と体育教師は渋々《しぶしぶ》承諾した。

「う〜む……しょうがない。ボイラーをつけてくるから、入る奴《やつ》はシャワー室の前で待ってろ。鍵を持っていく」

言い置くと、自分がシャワーを浴びることができないと分かりきっている体育教師は、ここにいても濡《ぬ》れ損とばかり、すたこらと管理室に向かって走り去った。

緒方が長くしなやかな手を振り上げて、女子全員を誘う。

「やっほー！　みんなで入ろう？　濡れた下着、すぐ乾かすやり方教えたげるよ」

「そうね、早く行こ行こー」

「ぎゃー、もう下までグッチャグチャ！」

女子は足下を気にしながら、泥の海となったグラウンドから出て行こうとする。男子もそれに続いた。

と、

「待って」

豪雨の中でもよく通るシャナの一言が、全員をその場に立ち止まらせた。

「一対一でいいから、最後まで勝負させて」

「っ——よっしゃ!!　さすが平井《ひらい》ちゃん！」

謂《いわ》れなき汚名を勝負で返上すべく、田中が吼《ほ》えた。自分が勝ったときの……特に女子に対する立場には、考えが及んでいないらしい。

その田中《たなか》の意気込みではなく、平井《ひらい》さんの言うことなら、という意見で女子の意見はまとまった。男子には元より異存はない。どうせ後で乾かすんだし、という気楽さも手伝って、クラスの全員が雨中の決闘に注目する。

そのギャラリーの中心で、ボールを持ったシャナと田中が対峙《たいじ》する。もはやラインは豪雨の中に沈んだ。ルールは、どちらかがボールを受け損なったらお仕舞い、というシンプルなものになった。皆がそう感じた。

「……」

「……」

まるで時代劇の果し合いのように、二人はゆっくりと、小さな同心円《どうしんえん》上を回る。

顔を伝い目に入る雨水を、シャナは顔をわずかに前に傾けることで前髪に伝わせ、田中は素直に二の腕を額《ひたい》に当てて防ぐ。

「ふ——っ」

「……」

田中はシャナの、吐息《といき》とともに満ちてゆく力に警戒を強め、泥の中、爪先《つまさき》に体重をかける。

同時にボールを受け取る姿勢を、片手だけで取る。飛んできたボールを腹で受け止め、そのまま両腕で包み込む戦法だった。

「っ！」

不意に、モーションも小さくシャナが投げた。

（来い！）

額《ひたい》に当てていた腕を来るべき衝撃《しょうげき》に備えるため、素早く下ろす。

と、
シャナが投げ損なっていた。バシャン、と直下の泥を爆発させてボールは接地していた。

（――ッ）

泥が全身を汚すのを無視して、シャナは小さく跳《は》ね上がりつつあるボールの下部を取ると、腕だけのアンダースローのようなフォームで、二投目を繰り出していた。
（フエ）
一つ目の予測が外れた。通常の弾道より少し下にずれている。

二つ目の予測も外れた。受け取ってもう一度普通に投げ直すより少しモーションが速い。

（イント⁉）

まるでアッパーカットのように、近距離から放たれたボールは田中の顎《あご》を強打していた。

田中は吹っ飛び、泥の海に文字通りの、ノックアウト。

シャナが勝った。

豪雨よりも軽い水音の中、湿《しめ》った反響に包まれた声が賑《にぎ》わっている。

「すごかったー！　最後の、ぴゅーって！　下から跳《は》ね上がるみたいに！」

「ちょっと、腕振らないで」

「なによ、お湯増やしちゃおっかなー」

「熱《あつ》、熱っ！　やったわね？」

「騒ぐんじゃないの。狭いんだから！」

「アハハ、谷川《たにがわ》なんか、『あれは普通のドッジボールの試合じゃ使えない』とか負け惜しみ言ってたよー、見苦しいねー」

はっきり言って、外に丸聞こえである。

会話だけでなく、いろんな、余計な音まで。

「……なあ、池《いけ》」

「……言うなって」

中の声は全く途絶えることがない。

よくもまあ、これだけ話ができるものだ、と二人して呆《あき》れる。

「平井《ひらい》先生、その点、なにかコメントはありますか？」

「雨の中だからあの手で攻めたのよ。晴れたときには晴れたときの手を打つ」

「キャー！　聞いた？　格好いー！」

「ま、田中《たなか》も『顔面は無効』とか言い訳しなかったから、結構見直したけどねー」

「おかげでこうやって皆でシャワー浴びれるしさ」

「でも平井さんのショーツの泥染《じ》み、少し濯《すす》いだくらいじゃ取れないよ？」

「汚《よご》れ自体が取れればいいってさ。それより、その赤テープの線以上に近付けたら縮んじゃうから、気い付けてねー」

「はーい、緒方《おがた》キョーカーン、おかげでみるみる乾いてまーす！」

「ドライヤー、使ってもいい？」

「いいよー」

そんな騒ぎを全く隠さない薄いアルミの扉に、悠二《ゆうじ》と池が背を預けて座っていた。二人とも体操服のままである。

渋《しぶ》くも気だるそうな顔を並べて、クラブハウスの渡り廊下を、見るでもなく見る。閉め切ったガラス窓に当たる雫《しずく》はもう疎《まば》ら。豪雨は通り雨だったらしい。

（全く、迷惑だよ……もう一時間、ずれればよかったのに）

悠二がそんな、どうでもいいことを考える間にも、できれば聞きたくなかったことがいろいろ、勝手に漏《も》れ出てくる。ため息に声を乗せるように、再び弱々しく言う。

「……なんてゆーか、これって拷問《ごうもん》みたいだな」

「どっちの」

池《いけ》が訊《き》き返す。後ろの騒ぎを聞かないためには、会話して気を逸《そ》らすのが一番だった。

「どっちのって?」

「だから、音だけで見えないことか、聞きたくないのを無理矢理聞かされることか」

悠二《ゆうじ》はしばらくそんな、馬鹿《ばか》馬鹿しい選択肢を弄《もてあそ》び、やがて投げやりに答える。

「どっちも」

「ああ、そう」

池の答えも、投げやり。

この少し前、男女の仕切りのないシャワー室をどう使うかでひと悶着《もんちゃく》あった(運動部の秘伝も、ここまではカバーしていないものらしい)。男子は当然入るつもりでいた。ひっくり返った田中《たなか》は見事にドロドロになっていたし、そもそも全員が豪雨に晒《さら》されたあとである。

しかし、交代するにせよ、一緒の風呂に入る、というその行為自体に女子が拒否反応を示して、話はこじれた。体育教師は鍵を開けると、

「後で鍵、返しにこいよ」

と言って逃げ出してしまったので、自然皆の視線はクラス委員でもある、公正明大なメガネマン池速人《はやと》に集まった。

「僕もずぶ濡《ぬ》れだから、シャワー浴びたいのは同じだ」

池が言うと、田中の倍は他者に訴えかける力が違う。続く提案も合理的だった。

「まず僕らが入ることにしよう。僕らは泥さえ落とせればいいから入る時間も短いし、君らは自分たちの後に入られるの、気分として嫌《いや》だろ?」

誰からも文句は出なかった。

「君らは入浴にも色々用意が必要だろうから、それを教室に取りに戻ればいい。僕らはこのま、その取りに戻る時間を使わせてもらう。体操服は絞《しぼ》ってもたすからいいとして……緒方《おがた》さん、ヒーターで下着を乾かすやり方だけ教えてよ」

ここまでは完璧だった。

その後、シャワーの交代のとき、緒方に捕まりさえしなければ。

彼女が、教室に帰ろうとする池に声をかけたのだ。

「池君、ここでちょっと見張っててよ」

「え?」

「自分たちで使うとき、気が付かなかった? ここ、外側からしか鍵かけらんないのよ。クラブのときは交代で女子が見張りに出るけど、今はそんなの無理でしょ? 授業中だから大丈夫とは思うけど、念のためね」

「それもクラス委員の仕事?」

「男と見込んでよ」

緒方は、可愛《かわい》いというより格好いいに分類されるウインクをして見せた。

「……男と見込んで、シャワー室の見張り……？」

なにか致命的な論理の矛盾を感じて、池《いけ》は呆然《ぼうぜん》となった。

緒方だけでなく、他《ほか》の女子も口々に言う。

「池君なら、絶対に変なことしそうにないもん」

「メガネマンは正義の味方だしねー」

あ、と緒方《おがた》が、名案という風に手を打つ。

「そうだ、なら坂井《さかい》君と一緒でどう？」

「へ、僕？」

話を振られて、今度は悠二《ゆうじ》が素《す》っ頓狂《とんきょう》な声をあげた。

「池君のシンユーでしょ？　それに、スケベなことしたらひっぱたく人、泣いちゃう人、両方揃ってるし」

うろたえる悠二の前で、うんうん、と女子が何人も頷《うなず》く。その中に混じるシャナがどことなく険しい顔で、吉田《よしだ》がオドオドした顔で見つめ返してくる。

最後に念押しするように緒方が言う。

「決まりね？　決まりでしょ？」

というわけで、決まった。

（女子に詰め寄られると、特に理由がなくても自分の立場が弱いって感じるのは、なんでなんだろうな～）

などと悠二は現実逃避気味に思った。

その後ろから、また会話が聞こえてくる。

「へえ、一美《かずみ》って着痩《や》せするタイプなんだ？」

「えー、うそー？」

「あ、あんまり見ないで」

「いいじゃん、吉田ちゃん。触《さわ》っちゃおーかなー」

「あ、私も～うりゃっ」

「ひゃわわっ」

二人はなんとなく黙る。

ゴホン、と池がわざとらしく咳《せき》払いしてなにか言おうとすると、

その背後で、聞き慣れた、小さくも通りのいい声が。

「大きい方がいいの？」

「そりゃそうでしょ。男なんて皆コレ目当てみたいなもんよ」

「っだ、だから触らないで……」

「まあ、平井さんだって、ソレはソレで綺麗《きれい》だと思うけどね～」

「うんうん、すんごい綺麗《きれい》、お世辞《せじ》じゃなくってさ」

「……よく分かんない」

「ありやりゃ、坂井《さかい》君も罪な男だこと」

「守備範囲の広いモテモテ君よね～、あのファニーフェイスでさ～」

「アハハ、聞こえたらどーすんのよ」

(聞こえてるよ、とか言い返したら、とんでもないことになるんだろうな)

やがて、池《いけ》が言い直した。

「なあ、坂井」

「ん～？」

「平井《ひらい》さんが好きなのか？」

「っ!!」

悠二《ゆうじ》は思わずアルミ扉ごと後ろに倒れこみそうになった。

「お、おまえ、こんなときに――」

言い返そうとした悠二は、池が真剣な顔をしているのに気付いて、言葉を切った。

「どうなんだ？」

詰問《きつもん》ではなく、確認のような声。

悠二は、それに明確な答えを返せない。アルミ扉の向こうに届かないように声を押さえなが

ら、なんとか、自分の今の状態を言葉にしてみる。

「そ、それってはっきりと、そうだ、って分かるようなもんじゃないだろ？」

「ふうん……なるほど、正しいかどうかともかく、面白い意見ではあるか」

悠二《ゆうじ》は、そんなしたり顔への仕返しのつもりで言う。

「さっきの時間、吉田《よしだ》さんが休んでる僕の所に来たの、おまえの差《さ》し金《がね》だろ」

「ん～、なんで、そう思う？」

「吉田さんが自分から、あんなことしにくるわけないじゃないか、っおぐ⁉」

不意に池《いけ》が、裏拳《うらけん》で悠二の胸をドスン、と叩《たた》いた。

「そりゃ、吉田さんを舐《な》めすぎだな。彼女だって頑張《がんば》って、一歩ずつ前に進んでるんだ」

「えっ？」

それじゃ彼女が自分で、と戸惑《とまど》う悠二への答えはない。

ややの沈黙を置いてから、まだ続く女子の騒ぎを背に、池は言った。

「はっきりと、そうだ、って分かるようなもんじゃない、か……なるほどね」

「……？」

雨は、あがっていた。

3 千千《ちぢ》の行路《こうろ》

御崎《みさき》市市街地のビル群が、豪雨の後も変わらない空の翳《かげ》りの元、暗く沈んでいる。

その下に網目のように広がる車歩道も、一時の天水《てんすい》を被《かぶ》って、そこかしこに水溜りを作っていた。あと一波、夕方のピークをこれから迎えようという雑踏《ざっとう》が、浅きを蹴《け》立て、深きを除《よ》けて行き来する。

その人の流れの大動脈とも言える、市の中央を貫く大通りの広い歩道に、人の耳目《じもく》を集める三人の外国人が歩いていた。

この街に限らず、日本という閉鎖的な気質と構造を持つ国では、日本人ではないというだけで十分に目立つのだが、それでもこの三人は特別だった。

「本当、日本人というのはどうしてこうも、人を好奇《こうき》の目で見るんでしょう。慎《つつ》ましくて勤勉って噂《うわさ》は、陰《いん》に籠《こも》ってせせこましいということの好意的な解釈だったのかしら?」

一人はリボンをあしらったドレスと鍔広帽子《つばひろぼうし》で、背筋をピンと伸ばした華奢《きゃしゃ》な体を飾る、フランス人形のような美少女。波打つ金髪の内に意志の強さを表した美貌《びぼう》を包む、〝愛染他《あいぜんた》〟テイリエルである。

「みんな、みてるよ、こわいよ、ティリエル」

もう一人は『お坊ちゃん』という形容が似合いそうな、品のいい臙脂色《えんじいろ》のスーツを着た、ティリエルと瓜《うり》二つな金髪の美少年、〝愛染自《あいぜんじ》〟ソラト。ただし彼は、妹とは対照的な弱々しさで、その袖《そで》にしがみつき、オドオドとしている。

「君らの格好が注目を集めているんだよ。容姿自体は本質に見合った姿だから、まあ置くとして……とにかく服の趣味が派手《はで》すぎる」

最後の一人はダークスーツをまとう、すらりとした長身の男。彫りの深い顔立ちにサングラスをかけ、プラチナブロンドをオールバックにしている。全身に緩《ゆる》やかな凄《すご》みを漂《ただよ》わせる〝千変《せんぺん》〟シュドナイだった。兄妹の後ろを守るように続いている。

「まあ、花が咲き誇るのに、どんな遠慮が要るというの？」

言うとおり、花のようにティリエルは笑う。

「こうして……」

すがりつく兄の髪を撫《な》で付けながら、青い瞳の奥から力を引き出す。

「私の『揺りかごの園《クレイドル・ガーデン》』に庇護《ひご》されている身で、偉《えら》そうに言ってほしくないものね」

瞳の内に、山吹色《やまぶきいろ》の光が揺れた。

その光の強まるのに合わせて、うっすらと、彼女ら三人の体の表面に、なにかが舞い始める。

否《いな》、最初からもう一皮、体を包み込むように舞っていたものが、姿を表していた。

それは山吹色の光でできた、無数の木《こ》の葉。落葉の美にも似た、しかし確実に力を満たした光の乱舞だった。それが三人から離れ、緩いつむじ風にまかれるようにハラハラと、揺れ飛ぶ密度を薄め、範囲を広げてゆく。

その木《こ》の葉の乱舞は、いつしか立ち止まっていた彼女らを中心に、ちょうど広い歩道を塞《ふさ》ぐほどのドームを形成していた。

その内に囚《とら》われた人々が止まる。

直径にして七、八メートルほどはある、このドーム外側の雑踏《ざっとう》は、囲われた場所を〝ない〟もの、と認識する。そこは自然と通れない場所となり、行き当たった人々は遠回りしたり、引き返したりしてゆく。

これら封絶《ふうぜつ》と似た効果を生む、山吹色の木の葉による防御陣《ぼうぎょじん》こそ、〝愛染他〟ティリエルの誇る自在法『揺りかごの園《クレイドル・ガーデン》』だった。

この防御陣は通常の自在法と違い、周囲に世界の違和感、つまりフレイムヘイズが〝紅世《ぐぜ》の徒《ともがら》〟を追うための手がかりとする気配を漏《も》らさない。普段は対象者の体だけを覆《おお》い、捕食の際には広がって封絶の代わりとなる、しかも中の現象を全《すべ》て、フレイムヘイズからも隠してしまうという……まさしくティリエルの存在の本質、『溺愛《できあい》の抱擁《ほうよう》』の現れなのだった。

サングラスにその山吹色の光を映して、シュドナイは口の端《はし》を釣《つ》り上げる。

「ふふん、庇護《ひご》、か。まあ、おかげで無駄《むだ》にフレイムヘイズとやり合わずに済んではいるが、君らも俺《おれ》を護衛に使っているんだから、結局はギブ・アンド・テイクだろう」

強力な〝王〟であり、また他《ほか》の〝紅世《ぐぜ》の徒《ともがら》〟と違ってコロコロと姿を変えるシュドナイは、世界に撒《ま》き散らす違和感である気配も大きかった。そんな彼でも、この『揺りかごの園《クレイドル・ガーデン》』の内にある限りは、フレイムヘイズに気取られることがない。

それをありがたいと思ってはいたが、それでも安易な追従は彼の主義ではなかった。彼に限らず、また〝愛染《あいぜん》の兄妹〟もそうであるように、この世に侵入するような〝徒〟は皆、多かれ少なかれ自侭《じまま》な性格をしているのである。

そんなシュドナイの態度に、ティリエルは鼻をふんと鳴らすだけで答える。彼女が答えに詰まったときの癖だった。

「ね、ねえ、ティリエル、もうたべても、いい?」

そんな彼女の袖《そで》を、ソラトが引いていた。

「ええ、お兄様。でも、もう少しだけ待ってくださる?」

にこやかに答えると、彼女は指を二本揃えて唇《くちびる》に一瞬当て、優雅に離した。その唇と離した指の間に、リボンのような山吹色《やまぶきいろ》の光が一条伸びる。

複雑に絡《から》み合った文字列とも立体的に組み合わさった記号とも付かない、そのリボン状の光は〝自在式〟。〝存在の力〟を繰って不思議を起こす〝自在法〟、その力の流れの象徴であり、また効果を増幅するための装置だった。

「なんの自在式だ？」

シュドナイが訊《き》く。彼はこの兄妹の依頼を受けてまだ日が浅い。彼女らの引き出しの中身がどんなもので、またどれほどあるのかを知らなかった。

彼に対する子供っぽい優越感とともに、ティリエルは答えになっていない答えを返す。

「お兄様が獲物を見付けつつあるから、そろそろ囲いの準備をしておくのよ。せっかく追い詰めても、逃げられたら元も子もないでしょう？　ねえ、お兄様」

「うん、に、にがさないように、とじこめちゃうんだよね、ぼくらの、ゆりかごに」

「ええ。今度も獲物を囲い込んで、いたぶって、弱らせてから、斬《き》らせて差し上げますわ……お好きなだけ、ね」

兄の頭を撫《な》で付けながら、ティリエルは自在式を起動した。

リボンのような式は輝きを放って飛び、『揺りかごの園《クレイドル・ガーデン》』の中で静止していた一人……顔やヨレたスーツに疲労の色も濃い、平凡なサラリーマンらしい中年男へと打ち込まれた。

式が山吹色の波紋《はもん》を残して男と同化した次の瞬間、彼はいきなりトーチへと、そうは見えない死の姿へと変化した。最低限の〝存在の力〟だけで故人の代替物《だいたいぶつ》たる自分を維持し、それ以外の全ての力を、来るべき発動のために身の内で組み替えてゆく。

「さあ、お兄様。どうぞ、アレ以外を、召し上がってくださいな」

「うん、うん、いただきまーす！」

首をガクガク振って、ソラトは飛び出した。あーん、と大きく口を開けると、『揺りかごの園《クレイドル・ガーデン》』の内にあった人間全《すべ》てを炎《ほのお》に変え、喰らう。

その様子を満足げに眺めながら、ティリエルはシュドナイに言う。

「オルゴール、って知っているかしら？」

「おるごーる？」

音の響きには欧州言語の感触がしたが、『達意《たつい》の言《げん》』を繰ってみると、これが意外にも日本語だった。外来語が訛《なま》って定着したものらしい。それがなにを意味するのかを感じてみると、特別な物でもない。

「……なんだ、ミュージックボックスのことか」

「ええ。普通はそう言うのだけれど、『オルゴール』の方が、音の響きとして雅《みやび》やかだと思わない？　だから、伝え聞いてからずっと、これの名前もそう呼び習わしていたのだけれど」

ティリエルの掌《てのひら》の上に、いつの間にか、木目《もくめ》も擦《す》り切れた粗末《そまつ》な小箱が載《の》っていた。なんの変哲《へんてつ》もないミュージックボックスのような物……つまり、彼女が『オルゴール』と名付けた宝具《ほうぐ》であるらしい。

シュドナイは、彼女が自分の質問への答えを暗に示していることに、ようやく気付いた。

「……それが、さっきの自在法と一緒に囲いを作るための宝具《ほうぐ》か？」

「ええ、とってもいい音色で鳴くのよ」

ティリエルは小さな『オルゴール』に頬《ほお》を寄せ、ひっそりと笑った。

「まさかこんなことで、その名を生んだ土地に来ることになるなんて。この世に遊ぶのは、これだから止《や》められないわ」

美麗《びれい》に陰惨《いんさん》を秘めるその笑みは、まさに妖花《ようか》のほころびだった。


暗い空模様を写し取ったかのように、悠二《ゆうじ》とシャナの表情は荒れ模様である。

いろいろ噂《うわさ》などが立つとややこしいので、学校で一旦《いったん》別れてから後で合流している二人は、お互い顰《しか》めっ面。一言も声を交わさないまま、坂井《さかい》家への帰途に着いている。

そのまま歩くこと数分、道に人通りがなくなったのをそれとなく確認してから、シャナはだんまりを決め込んで横を歩く悠二に、下手《したて》に出たと思われないように、あくまでぶっきらぼうな口調で訊《き》く。

「……なに怒ってんのよ」

「そっちこそ、なに怒ってるんだよ」

悠二は素っ気なく訊き返した。

シャナはその偉《えら》そうな態度にカチンときた。短く言い返す。

「怒ってない」

返事はやはり、素っ気ない。

「じゃ、僕も怒ってない」

「じゃ、ってなによ」

「なんでもないよ」

「なんでもなくないでしょ」

「なんでもないったらなんでもないんだよ」

会話を打ち切ろうという悠二《ゆうじ》の意図を感じて、シャナは自分でも驚くほどに強烈な怒りが湧《わ》き上がるのを感じた。

以前、喧嘩《けんか》したときに抱《いだ》いた、重苦しいものではない。

悠二が意地悪していることが、それをあからさまに示していることが分かる。そんな奇妙《きみょう》な繋《つな》がりのようなものを、繋がっていることをお互い楽しんでいるような心の弾みを感じる。

なんだか認めたくない、なんだかむずかゆい、明るい気持ちだった。

二人とも、こんなにはっきりと怒っているのに。

「なにガキみたいなこと言ってんのよ⁉」

悠二も同じ気持ちから（通じている、感じているのだ）、むっとなって声を荒げた。

「どっちがだよ！　遊びに釣られて約束破ろうとしたくせに」

痛いところを突かれて、シャナは言葉に詰まる。

「あ、あの約束は……私が、持ちかけたんだし……」

「自分が持ちかけたんなら、破ってもいいって？」

「う……」

今日の体育の授業が終わった直後、昼休みでのことだった。

いつものようにドサドサとメロンパンやお菓子類を机に放り出していたシャナに、ドッジボールで同じチームになった女子の一人が、

「平井《ひらい》さん、良かったら今度の日曜、映画とか観《み》に行かない？」

と誘ったのだった。一緒にシャワーを浴びたりして、すっかり馴染《なじ》んでしまったらしい。

悠二はそのとき不在だった。トイレの個室で着替えていたのである。シャワー室の見張りに駆《か》り出されたために、女子と一緒に教室に帰ることになってしまい、着替えを他《ほか》でやらざるを得なくなったのだった。もちろん池《いけ》も、その隣の個室で着替えていた。正義の味方には人知れぬ苦労が付き物なのだった。

そうして帰ってきてみれば、シャナを中心に、やはり同じチームだった生徒たちが、男子生徒も含めて集まっている。男子生徒の一人による映画についての講釈を、彼女は興味津々《しんしん》な顔で聞き入り、すぐにでも行くことに同意しそうな顔をしていた。

それを見た悠二は――佐藤《さとう》の証言によると『眉《まゆ》を逆立《さかだ》てて』――彼女の隣、自分の席に乱暴

に座り、辛《かろ》うじて隣に聞こえる程度に小さく、わざとらしい口調で言った。

「あ～、今度の日曜、忙しいなあ」

その途端《とたん》、シャナは驚いたような顔になり、彼女にしては珍しく慌《あわ》てて、そういえば大事な用があった、とその申し出を断った。

実はシャナは、その日曜日に、悠二《ゆうじ》を連れて街のパン屋を巡ることにしていたのだった。

昨日の学校の帰り、シャナは人生最大級の喜びを悠二から教わった。

パン専門店のメロンパンの味、である。

きっかけは千草《ちぐさ》だった。彼女は少し前、手作りのメロンパンを食べさせてあげる、とシャナに約束していたのだが、まだ自身満足できる味ではないらしく、シャナはずっとご馳走《ちそう》にお預けを食っていた。そんな哀れなフレイムヘイズの姿に憐憫《れんびん》の情を抱《いだ》いた悠二が、代わりにどうか、とおごってあげたのである。

それまで大量生産の、ビニールにラップされたメロンパンしか食べたことのなかったシャナにとって、この味はまさに食の大革命だった。

メロンパンが三度の食事に早弁におやつに間食に夜食につまみ食いに買い食いにスーパーの試食コーナーに連続で出ても大喜びの彼女が、この程度の常識も知らなかったことに悠二は驚いた。訊《き》けば、彼女がパン専門店に入ったことがなかったのは、

「他《ほか》のお菓子が売ってないから」

という、見事なまでに単純な理由からだった。アラストールが甘いもの以外も食べるよう、彼女をしつけようとした副作用でもあるらしい。

以前メロンパンについて偉《えら》そうに講釈していたこともあって、悠二はてっきりその筋にも詳《くわ》しいと思っていたのだが、実はあのあたりの理論や知識は、旧《ふる》い知人の受け売りだそうである（アラストールの言うには、他にもいろいろ怪しい知識を吹き込まれているらしい）。

ともあれ、そういうことなら今度の日曜、付近の知っているだけのパン屋を巡ってみよう、ということになったのだった。

シャナによる強制で、悠二は渋々《しぶしぶ》、という顔をしていた。

その程度の約束を、しかしシャナが独断で反古《ほご》にしかけた。

悠二は今そのことに、自分でも意外なほどに猛烈な怒りを感じていた。正確には、怒りを感じている自分を彼女に見せつけて困らせたいと思っていた。要するに、拗《す》ねているのである。

シャナの方も、そもそも自分が言い出したことで、それにたかがパンのことで、なぜここまで引け目を感じるのか、いまいち分からなかったが、感じているのは厳然《げんぜん》たる事実で、そしてそれゆえに、いつものような強気の反論ができない。

といって、悠二のご機嫌を取るような真似《まね》だけは死んでも御免《ごめん》である。だから自分も負けずに、ムカムカしていたことをぶつけてやることにした。

「おまえ」

表面上、なんでもないことのように気をつけて。それが実は、なんでもないことではない、と自分が感じているためであることへの自覚はない。

「体育の授業のとき、吉田《よしだ》一美《かずみ》と手繋《つな》いでニヤニヤしてたでしょう」

予想外の攻撃に、いきなり形勢が逆転する。

「あっ!? や、やっぱり見てたのか！　いや、それはそれで、関係ない話で、でもあれは吉田さんがハンカチで傷をぬぐってくれようとしただけで、だだ、だいいちニヤニヤなんてしてなかっただろ!?」

その悠二のうろたえる様子が、意地悪の仕返しという以上に面白い。あの吉田との場面を見たときに感じた気持ちも、さっきのムカムカも、全《すべ》て吹き飛んでしまった。かさにかかって追い討ちをかける。そっぽを向き、ついでに嘘《うそ》もついた。

「たしかにニヤついてた」

あうあうと宙を指差したり手でジェスチャーしようとしたり、悠二はなんとか弁解しようとするが、上手《うま》い言い訳が思い浮かばない。苦し紛れの反駁《はんばく》が、口をついて出た。

「ん、んなこと言ってるシャナだって、他《ほか》の奴《やつ》と——」

なにかが不意に、伝わった。

「他の、奴——?」

今度は、シャナの方が意表を突かれた。驚いた顔で、悠二を見る。

他、とは？

悠二の他、ということ？

それが気に喰わない？

自分が、吉田と一緒にいる悠二に抱いたのと同じ気持ちを、悠二も自分に？

シャナはまた、慌《あわ》てて顔を背《そむ》けた。こんな顔を見せるわけにはいかなかった。赤くなっただけではない。笑っているかもしれない、いや、いないのだ。

「お、おまえに、言われたく……ないわよ」

言いながら、顔を顰《しか》めようと必死になる。

「……あ……え、と……ごめん」

悠二もシャナと反対側に顔を背ける。自分の顔がだらしない笑みで緩《ゆる》んでいるような気がしてしようがなかった。

二人はそんな不自然な姿勢のまま、しばらく無言で歩き、やがて悠二がぽつりと言った。

「今度の日曜、やっぱり行こうか」

まだ反対側を向いているシャナが、僅《わず》かに上擦《うわず》った声で答える。

「そ、そうね。そこまで言うんなら、付いてってやってもいいわよ」

「……自分から言い出したことじゃなかったっけ」

「うるさいうるさいうるさい！　行くって言ってんだから、もういいでしょ！」

そのとき、意外な闖入者《ちんにゅう》が口を開いた。

「シャナ」

「つはわ、わっ!? ななな、なに、アラアララストール」

シャナは親に悪戯《いたずら》を見つかった子供のように、大慌《あわ》てに慌てた。こんなときに話しかけられたことはなかったので、余計に動転していた。

「欲しい物がある。一旦《いったん》、街の方に戻れ」

「ア、アラストールが……欲しい物？」

こんな要求は、全く初めてだった。シャナは戸惑《とまど》いながらも、うん、と頷《うなず》く。

その要求がなにか、自分に関わっているような直感を得て、悠二は恐る恐る言う。

「じゃ、じゃあ、僕は先に帰ってるよ」

その悠二にも、アラストールは告げる。こっちは要求ではなく、命令である。

「貴様にも今夜、やることができた」

「え、鍛錬《たんれん》とかじゃなくて？」

「そうだ」

「……？」

悠二はシャナと顔を見合わせた。

「……いるわ」

大通り沿いの喫茶店で、ティリエルが熱い紅茶を満たしたカップを静かに置いた。

異世界の住人〝紅世《ぐぜ》の徒《ともがら》〟が無理矢理この世に存在している違和感があるように、フレイムヘイズにも強大な〝王〟を身に宿す存在感がある。互いに気配と呼ぶそれを、『揺りかごの園《クレイドル・ガーデン》』に守られる彼女らは一方的に感じることができる。

その対面で、行儀《ぎょうぎ》悪く足を組んで座っていたシュドナイも頷《うなず》く。

「ああ、いるな。この鬱陶《うっとう》しい感じはフレイムヘイズだろう。さすがは『欲望の嗅《きゅう》――』」

「えっ！　どこっ⁉」

ティリエルの隣に座っていたソラトが、跳《は》ねるように立ち上がった。その拍子に膝《ひざ》が机に当たり、チョコレートパフェ始め、彼の注文した多くのお菓子類がひっくり返りそうになる。

自分の求める玩具《おもちゃ》を発見した気になって辺りを見回す少年は、もうそれらへの関心を失ってしまっている。口の回りにベタベタとクリームやフレークの欠片《かけら》をくっつけている様は、全くの子供だった。

この喫茶店に入ったのは、ソラトがパフェやケーキを欲しがったからだった。これまでにもアイスクリーム、ぬいぐるみが配っていた風船、派手なバスケットシューズ、物差し、水中眼鏡《めがね》、箒《ほうき》、ライターなどなど、彼は無数、無駄《むだ》に手に入れている。無駄に、というのは、手に入れた途端《とたん》に興味を失う物がほとんどだったからである。

シュドナイを驚かせたのは、この〝愛染自《あいぜんじ》〟の真名《まな》を持つ少年が、欲しい物品を見ることなく、ただ突然、その存在を感じる力を持っているということだった。

その存在の本質『欲望の嗅覚《きゅうかく》』である。

今も、本来は『贄殿遮那《にえとののしゃな》』を追うはずのこの力は、当座の欲求を満たすために使われている。

そんな兄をこそ愛するティリエルが、その袖《そで》を引いて優しく言う。

「落ち着いて、お兄様。まだ早いですわ」

「でも、でも、いるんだろう？　ほしいよ！」

「欲しかったら、我慢なさいな、お兄様。楽しみは、我慢した後の方が美味《おい》しいですわよ」

「う～、う～」

ソラトは目の前の楽しみと妹の言うことを天秤《てんびん》にかけ、やがてストンと座りなおす。

それだけで、もうティリエルは愛の証と受け取るらしい。人目もはばからず兄に抱《だ》き付き、互いの金髪を混じらせて頬擦《ほおず》りする。ソラトの口回りのクリームがその頬に付くが、耽溺《たんでき》する〝愛染他《あいぜんた》〟はそれを意に介《かい》さない。

「それでおよろしいの、お兄様。よく聞き分けてくださいましたわ」

（やれやれ）

なぜ人が自分たちに注目するのか？　自分たちの態度が最大の要因ではないか。

依頼を受けてから何百回目かという呆《あき》れのため息を漏《も》らし、シュドナイは自分のブラックのコーヒーを味わう。ソラトに限らず、多彩な味の飲食というのは、この世を謳歌《おうか》する（無粋《ぶすい》なフレイムヘイズどもは別の言い方をするが）〝紅世の徒〟たちの大きな楽しみの一つだった。もっとも、この店のコーヒー自体はひどく不味《まず》いが。

見るでもなく見れば、また。

〝愛染の兄妹〟は、互いの頬に口元に残るクリームを、まるで清めの儀式のように舐《な》め取り合っていた。唾液《だえき》の跡を引きつつ、ときに軽く啄《つい》ばむように弾み、最後に予定調和の如く、唇《くちびる》と舌はそれぞれ熱い合流を果たす。

この異様な媚《び》態《たい》に店中の視線が集まる中、やがてティリエルが先に根を上げた。

「ぷ、ふぁ……は、あ……お、お兄様」

乱れた襟元《えりもと》と裾《すそ》を直しながら、青息吐息《あおいきと》《いき》の美少女は殺戮《さつりく》の開始を告げる。

「つ……次の準備をしましょう、ね？」

「うん！」

無邪気《むじゃき》な美少年の返事を受けて、不意に山吹色《やまぶきいろ》の木の葉《こ》が乱舞し、膨《ふく》れ上がる。

店にいた十人ほどが、この世から脱落した。

池《いけ》と吉田《よしだ》の家は、西側住宅地の同じ町内にある。

だからといって、そういう関係でもない高校生の男女が一緒に帰るわけもない。家が同じ方向にある、というだけのことだった。今までも、偶然姿を見かけたという以上のことはない。

それが今日はどういうわけか、池が吉田を誘って、帰途を共にしていた。

池はソツのない男なので、話しかけるのにも、彼女の話しやすい勉強や授業のことから入って、そこから学校のことへと話題を広げていた。

吉田も、この一月《ひとつき》ほど、ずっと悠二《ゆうじ》とのことを池に相談してきた。頼りになる、頼りになりすぎて悪い、とまで思わせる彼は、頭脳明晰《めいせき》で冷静沈着、人付き合いも上手《うま》い、彼女にとって自分もこうなりたいという憧れの対象だった。

ところが今、自分に話しかけている彼はいつもと違う、と吉田は思った。

話自体は聞いていて興味深く、また楽しい。しかしなにか、妙に遠まわしな、奥歯に物が挟まっているかのような……言いたいことをどこかに隠して、話の流れをジワジワとそこに近づけているかのような、そんな妙な感じを受けた。

論理的に率直に、すっきりと話をするのが彼の流儀のはずだった。それが分かるほどには、吉田も彼と（恋愛以外の意味で）付き合って、理解できている。

「だから、あのシャワー室の鍵とかもさ、皆分かってるのに誰も改善を要求しようとしないしようにも、部会も生徒会も先生の御用聞きみたいになってるから、その窓口が——」

「あの、池君……？」

「あ、僕ばっかり喋《しゃべ》ってて、楽しくなかった?」

こんな気の使い方も変である。そもそも彼は、まず吉田の話を聞くことから始めて、そこから助言や解説などをしてくれるのが常だった。

「ううん、そうじゃ、なくて……」

男子生徒でも、彼に対してだけは敬語を使わずに話せる。

「なにか、私に訊きたいこと、あるの?」

「……え、と……」

スーパーヒーロー・メガネマンが言葉を詰まらせた。眉根《まゆね》を寄せて悩むという、まず他《ほか》のクラスメートがお目にかかったことのない表情を、吉田は見ることになった。

「池君?」

やがて観念したように、池は曇天を仰ぎ、口を開く。

「あのさ」

「は、はい」

「坂井《さかい》の、どこが好きなんだい?」

「えっ!?」

いきなり飛んだ、しかしよく考えれば大本《おおもと》でもある話題を振られて、吉田は驚いた。

「そ、そんな、いきなり言われても……」

みるみる内に、その顔が紅潮してゆく。

「やっぱり、あの体育の授業？」

事実の確認という、理屈の人間としては至極当然な問い。

「……それは、うん」

答えない、という選択肢は、吉田《よしだ》には思い浮かばなかった。池《いけ》という少年を信じて頼ってきた。そして彼はずっと、それに応《こた》えてきてくれた。

「たしかにあのとき、坂井君のこと、格好いいって思った……」

ここまでは池も分かっている。しかしそれに吉田は、

「でも」

と続けた。

「あれは、思い切って話しかけるきっかけで……本当は、高校に入ってすぐ……」

意外な告白に、池は驚いた。

「えっ、なにか特別なことがあったの？」

ううん、と吉田は首を振って、弱い笑みを浮かべた。

「入学式の始まる前、入る教室が分からなくて困ってたとき——」

その脳裏に、僕も迷ってたんだよね、と苦笑いする親切な少年の姿が浮かぶ。

「一緒のクラスだから、って案内してくれたの。それだけ」

「それだけで、ずっと?」

「ちょっと……違うと思う」

吉田《よしだ》は、池《いけ》が示してくれたこれまでの誠実さに応《こた》えようと、必死に気持ちを言葉に変えようと頑張《がんば》る。

「その親切とか、体育のとき格好よかったとか、理由なんかはどうでもよくって」

「?」

「最初に会ったときに、ただ、そうだ、って感じただけで……」

池は、シャワー室前での悠二《ゆうじ》の言葉を思い出した。

(――『そ、それってはっきりと、そうだ、って分かるようなもんじゃないだろ?』――)

「正反対だな。それとも、あいつがずるいのかな……?」

「え?」

「いや、こっちの話」

池は嫌味《いやみ》なく笑って、首を振った。自分でも気付かない内に、声が漏《も》れ出る。

「そうだ、って感じただけ、か……そう言われると、今度はそっちの方が正しく思えてきそうだな……もしかして、どっちも正しいのかな」

「?　?」

吉田は、わけが分からない。

池はすぐ、いつもの冷静な彼に戻った。

「ごめん、吉田さん。変な、いや、変じゃないか……大事なこと、軽々しく訊《き》いたりして」

吉田は大きく首を振って、謝罪を辞した。

「う、ううん、別にいいけど……でも、どうしたの？」

「いや……僕ももう少し冷静にならないと、って話。まあ、これはついでということにして、はい、本題」

「え？」

池が差し出したのは、黒い男物の傘《かさ》だった。

「坂井《さかい》の奴《やつ》、用意良く持ってきたのに、降ってないと忘れて帰ったりするんだよね。あいつ、要領がいいようで、どこか抜けてるから」

「これを……？」

届けろ、ということだろうか。

「今日はもう遅いから危ないし、明日の朝にでも、少し遠回りして行ってみたら？　もしかしたら、一緒に登校できるかもよ」

これは坂井ん家《ち》の地図、と生徒手帳を千切《ちぎ》って作ったメモも一緒に渡す。全く用意がいい。

「あ、ありがとう……」

やっぱり池君《いけくん》は池君だ、と吉田《よしだ》は嬉《うれ》しく思い、傘《かさ》とメモを受け取った。

そして、その幸せそうに輝く笑顔を見て、池はほろ苦い気持ちを持った。

この気持ちは、そうだ、とはっきり分かっているのか、いないのか。


シュドナイが住宅地の、あまり高い建物のない広い空を見やった。わずかに広がった『揺り《クレイ》かごの園《ドル・ガーデン》』の木《こ》の葉越しにあるのは、頭上に居座り続ける曇天。

「ティリエル、この街をどう思う？」

仲良くソラトと手を繋《つな》いで、次の仕掛けを作っていたティリエルが、あたりを見回す。

「そうね。都市部と違って少しは緑も多いし、歩道がレンガ敷きなんて、なかなか洒落《しゃれ》ているんじゃないかしら？」

声の調子から、ふざけているのがありありと分かる。

その腕にすがり付きながら、犬の散歩中だったらしい老人を喰らっているソラトの髪を撫《な》で付ける、その百分の一も真剣味がない。

その連れ、おそらくは孫と思われる四、五歳《さい》ほどの男の子は、ティリエルの自在式によって仕掛けの一つに変えられていた。いずれ二人とも、存在ごとこの世から消えるだろう。

シュドナイは、そんなティリエルの態度にも彼女らの犠牲者にも構わず、話を続ける。

「フレイムヘイズが滞在している街だ。そいつが討滅《とうめつ》した〝徒《ともがら》〟の作ったトーチが多いのは分かるが、それにしても歪《ゆが》みが大きすぎる。我々が今見ているトーチもかなり多いが、以前はもっと、はるかに多くのトーチがあり、人間が喰われたのではないか？」

ティリエルは兄に寄せる顔から流し目を、ついでのように街並みに向ける。

「でしょうね。でも、『オルゴール』を鳴らして不思議を起こすのには、かえって歪んでいるくらいで丁度《ちょうど》いい。歪みは加速度的に増すかもしれないけど、まあ、そんなのは知ったことじゃないわ」

「ええっ、ティリエル、ゆがみ、ゆがみすぎたら、〝おう〟が、〝おう〟たちがおこるから、はりきりすぎちゃだめだって、ヘカテーがあっ!?」

ティリエルが、

「……誰ですって、お兄様？」

言いつつ抱《だ》き締めていた手をずらして、ソラトの首を握っていた。その細い、象牙細工《ぞうげざいく》のように優美な指が、ゆっくりとめり込んでゆく。周囲を舞う木《こ》の葉の山吹色《やまぶきいろ》が彼女の感情の昂《たか》ぶりに呼応して、燃え上がるように明度を増す。

「う、ぐ、ぐ」

「へ、へ、ヘカテー？　あんな偉《えら》ぶった、お星様と遊んでるような小娘《こむすめ》のことなんか、考えては駄目《だめ》。声に乗せるなんて、論外」

朗《ほが》らかな笑顔は変わらない。ただ、指だけがじわじわとめり込んでゆく。山吹色《やまぶきいろ》の光も、どんどん強くなってゆく。

「ディ、エ――グ――」

ソラトがびくびくと痙攣《けいれん》する。

サングラスの内に目を細めていたシュドナイは、その様でようやく二人がじゃれ合っているわけでないことに気付いて、制止の声をあげた。

「ティリエル！　やりすぎだぞ⁉」

しかし、ティリエルはこれを完全に無視した。兄の、半ば白目を剝《む》き苦悶《くもん》に歪《ゆが》む美貌《びぼう》に、微笑の形をした唇《くちびる》を寄せて、誓約を求めるように小さく呟《つぶや》く。

「……お兄様には、私以外の女はいない。私だけ、私だけ、私だけなの。およろしい……？」

もはや声は出ない。ソラトは残った力を振り絞《しぼ》り、握られた首を無理矢理、小さく頷《うなず》かせる。

それを確認すると、ティリエルはぱっと手を離した。山吹色の光も、一瞬で薄れる。

「そう、そうですわ、お兄様、私のお兄様。私だけを見て、私のやることだけを見て、私の言うことだけをきいてくださいな」

「――っは――っは――っは――……うあ、う、ん、うん、ティリ、エル、ごめん、なさい、ごめんなさい。ごめんなさい‼」

ソラトは息を継《つ》ぐ間も惜しむように、妹に抱《だ》きついた。ティリエルは変わらない微笑で、兄がボロボロとこぼす涙を唇《くちびる》ですくってゆく。

「ん、分かってくだされぱいいの、お兄様……」

「………」

シュドナイは呆気《あっけ》に取られて、この兄妹の〝愛染《あいぜん》〟の有様を、ただ眺めていた。


「うえ……っぷ。あ～、ぎ、ぎぼぢわるい……」

「そーなることが分かりきってんのに、なんで飲むかね」

御崎《みさき》市東側市街地の外側に、旧住宅地と呼ばれる、昔の地主たちが集住する地区がある。佐《さ》藤啓作《とうけいさく》の実家はそこでも指折りの旧家で、かなり大きな屋敷を構えている。

ただし彼の家族は皆、あまり面白くもない理由でこの屋敷には寄り付かず、彼はずっと一人で暮らしていた。物心がついてからも、昼勤のハウスキーパーを除けばほとんど人と関わることがないという、寂しい生活だった（彼は否定するが）。

それでも高校に入ってからは、自分自身その寂しさと折り合いを付け、割《わり》と快適に過ごすようにもなっていたが、基本的にその寂しい暮らしに変わりはなかった。

「それ、以外、やることないで、しょう、うう、ううう」

「あーあー、吐《は》くなよ吐くなよ、俺《おれ》にかかったらどーする」

一月《ひとつき》ほど前、そんな暮らしが、彼と友人の田中栄太《たなかえいた》を巻き込んで粉々《こなごな》に砕《くだ》けた。

砕いたのはシャナと同じ、フレイムヘイズの女性。

「か、かけたら、少しは静かにしてくれるかし、ら――」

今、佐藤《さとう》家室内バーのカウンターテーブルに寄りかかっている酔っ払いである。

名は『弔詞《ちょうし》の詠み手』マージョリー・ドー。

彼女と契約しているのは、〝蹂躙《じゅうりん》の爪牙《そうが》〟マルコシアス。

「ぎゃー！　止《や》めろ止めろ！　我が腐った酔っ払い、マージョリー・ドー!!」

マージョリーの横、カウンターの椅子《いす》に置かれた、今にもゲロを吐きかけられそうなドでかい本型の神器〝グリモア〟に意思を表出させている〝紅世《ぐぜ》の王〟である。

彼女らは、この御崎《みさき》市に〝屍拾い《しかばねひろ》〟ラミーという〝紅世の徒《ともがら》〟を追って現れた。

とにかく〝徒〟と見れば問答無用で討滅《とうめつ》する、憎悪と殺意の塊《かたまり》だった彼女は、佐藤・田中とともに御崎市を駆《か》け巡り、その成り行きから、ラミーが世界のバランスにとって無害であると主張するシャナとアラストール、ついでに悠二《ゆうじ》と対決した。

そして、負けた。

自分が持っていた戦う理由、衿持《きょうじ》や自信、全《すべ》てを打ち砕かれてしまった。

「じゃ、じゃあ黙って、見守って……てぅ、うぇっぷ」

「黙ってりゃ、また飲むだろーがよ」

それ以来、抜け殻《がら》のようになった彼女は、この室内バーを根城に、ダラダラフラフラと日々を過ごしている。否《いな》、潰《つぶ》している。

ちなみに佐藤と田中は、マージョリーが負けたことも、シャナがフレイムヘイズであることも、悠二が〝ミステス〟に成り果てていることも知らない。

勝敗については、他者に弱味を見せるのを嫌う彼女が教えなかったからで、シャナや悠二のことについては、単に彼女が佐藤らの交友関係を全く知らないからである。

つまり、シャナとアラストールと悠二は、マージョリーのことを知っているが、そのマージョリーが佐藤や田中と一緒にいることを知らない。

マージョリーは、シャナたち三人の素性《すじよう》を知っているが、彼女らが佐藤や田中の知人であることは知らない。

佐藤と田中は、この街に他《ほか》のフレイムヘイズがいることを知っているが、それがシャナ＝平《ひら》井《い》ゆかりで、悠二が関わっていることも知らない。

まことにややこしい関係である。

「だいたい、あんたが、すぐに清めの炎《ほのお》をおうえ、出してくれりゃ、問題ないのに」

「ヒッヒ、それじゃあ仰《おお》せのとーり、黙って見守ることにすっか」

「うあ、あん、た、ねえ……」

そして今日も、敗北によって方途《ほうと》を見失った彼女の元に、騒がしい二人が帰ってくる。

室内バーの扉が、バタンと勢いよく開いた。

「たーだいま帰りましたー、マージョリーさん!」

「姐《あね》さん、今日の具合はどんなもんですかー?」

彼女のことを、佐藤《さとう》は『マージョリーさん』、田中は『姐さん』とそれぞれ呼ぶ。

「も〜、うるさいわね……頭に響くでしょーが」

マージョリーはカウンターテーブルに体を預けたまま答えた。髪をガシガシと掻《か》くだけで、身を起こそうともしない。

かつて流れるようなストレートポニーに結わえられていた栗《くり》色の髪は、今ではグシャグシャ、後ろでいい加減にまとめられているだけである。服装も、腕まくりしたワイシャツに大き目のバギーパンツというラフさ。変わらないのは伊達眼鏡《だてめがね》のみで、スーツドレスを颯爽《さっそう》と翻《ひるがえ》して〝紅世《ぐぜ》の徒《ともがら》〟討滅《とうめつ》に燃えていたフレイムヘイズの勇姿《ゆうし》は、もはや見る影もない。

しかし、これでもかなり立ち直った方なのである。

二人はこの一月《ひとつき》、彼女に付き合って見てきた。

最初の一週間は、まともに体を動かすこともできなかった。次の一週間は、無気力状態が続いてゴロゴロと寝てばかりいた。その次の一週間は、ただ座って、ひたすらため息ばかりついていた。そしてこの一週間余は、

「また自己流レシピの開発ですか」

佐藤の言うように、バーカウンターの上を散らかして、酒ばかり飲んでいた。二週目からは、発作的に二人を連れて生活必需品を買いに出かけることもあったが（その度に二人は学校を休まされている）、それでも元気になった、とは到底言えない状態が続いている。

「ハウスキーパーの人たちが来る時間は、散らかった所をちゃんと空《あ》けとかないと、いつまでも汚《きたな》いままですよ？」

「そうそう、姐さんがどかないと、皆、遠慮するんですから」

勝手知ったる友の家な田中が、バーカウンターの上にぶちまけられた種々の酒瓶《さかびん》やグラス、メジャーカップ、果物《くだもの》の残骸《ざんがい》などを呆《あき》れ顔で見やる。

ハウスキーパーといっても、その構成員は皆、一昔前には佐藤家の奉公人だった者ばかりである。家の不利になるようなことは絶対に外に漏《も》らさないし、そこにあることを受け入れて、家の中を完璧に保つことを誇りにしている。

マージョリーなどという正体を明かせない、明かせば明かした者の正気を疑われるような女が居着いても、どこからも文句が出ないのは、そういうことだった。もっとも、佐藤家には本来その手の文句を真っ先に言うはずの家族が不在だが。

マージョリーも元が傲慢《ごうまん》な性格なので、そんな気遣《づか》いを受けることに恩を感じたりせず、事情を斟酌《しんしゃく》することもない。フラフラと手を振るだけで答える。

「ちょーどそんとき……い、いーのが作れそうだったのよ。爺《じい》さんが相伴《しょうばん》してくれたら、もっと面白い味のが、できそーだったのに」

「そりゃ断りますよ」

言いつつ、佐藤《さとう》はハウスキーパーの老人に心の中で謝った。

「やーれやれ、世話かけるなあ、ご両人」

マルコシアスが甲高《かんだか》い声で詫《わ》びた。

異世界の〝王〟らしからぬ、お軽く騒がしい性格の彼（？）は、しかし同時に、情味に深い面も持っていた。自分の契約者がこんな腑《ふ》抜けた体《てい》たらくになっても、それを責めるような真似《まね》はしない。

「爺《じい》さんたちが来る前に、寝るならせめてソファで寝ろ、って言ったら、『ここがいーのー』だとさ。ガキじゃあんめえしよ、ヒッヒ」

ただ、からかう。

そのからかいへの返事が、見事に水平に走った後ろ回し蹴り《ローリングソバット》としてやってきた。マージョリーが、カウンターの椅子《いす》ごと体を回転させ、蹴《け》りを放ったのだった。酔っ払いとは思えない俊《しゅん》敏《びん》な動作である。

「おわたっ!?」

画板をまとめたほどもある〝グリモア〟が見事に吹っ飛び、部屋の中ほどに転がる。

「バカマルコ……よけーなこと言うんじゃな、ない、の、うえっぷ」

マージョリーはその動作で気持ちが悪くなって、再びカウンターに突っ伏した。

その背中に再び、もうゲロをかけられる心配がなくなったことで大きくなった笑声が浴びせられる。

「ヒャッヒャッヒャ！　ホントのことだろが——っと、すまねえな」

「いやいや」

苦笑しつつ、佐藤が〝グリモア〟を持ち上げ（手に取り、と言うにはでかすぎる）、部屋の入り口近くにあるソファに下ろす。ついでに自分たちもその前と横に座って、今日の課題を鞄《かばん》から取り出した。

マルコシアスが声をかける。

「今日はなんでえ、ご両人？」

「ん〜？　ビジネス関係のハウツー本」

佐藤がカバーを外して中身を見せる。『読めば完璧！　うまい上司《じょうし》とうまい部下』とある。

「俺《おれ》は……なんだろな、地図帳みたいな？」

田中《たなか》も同じく、〝グリモア〟の方に本をかざす。こっちは『世界の秘境データファイル』。

この二人はマージョリーという、彼らの憧れる女性の完成形、圧倒的な存在感と強さに出会ったことで、なにやら青臭《くさ》くもいじましい発奮をして、自称・猛《もう》勉強とトレーニングを始めていた。明言こそしていないが、彼女に付いて行きたい、ということらしい。

マージョリーは虚脱《きょだつ》状態の中でそれを知った。無論彼女は、そんな少年たちの馬鹿《ばか》な願いなど、歯牙《しが》にもかけなかった。答えを返してやるどころか、鼻で笑う気さえ起きなかった。どうせすぐ諦《あきら》めてしまうだろう、そう思って、特に咎《とが》めるでもなく放って置いた。これは、

「ヒャッヒャッヒャ！　本気かよ、ご両人、そりゃいくらなんでも無茶ってもんだぜ!?」

と笑い飛ばしたという態度こそ違え、マルコシアスも同感だった。人間がフレイムヘイズと一緒に行動することなど、無謀《むぼう》以前……不可能だった。

それでも二人は、とりあえずこの一月《ひとつき》、その熱意に翳《かげ》りを見せることなく猛勉強とトレーニングを続けている。彼女が虚脱状態で留まっている時間を、フルに活用しようとしていた。

マージョリーはやっぱり無視して、マルコシアスももう笑う気さえなくなっていたが、やはり二人は頑張《がんば》っている。もっとも、

（体のトレーニングはともかく、勉強の仕方は微妙《びみょう》に見当違いっぽいんじゃねーか？）

とマルコシアスは思わないでもない。

少年らしく、今自分たちが学校で学んでいる普通の勉強が役に立つものとは到底思えなかった二人は、経済的にも恵まれているのを幸いと、『覚えなくてもいい。とにかく、たくさん本を読む』ことにしていた。教養の充実が目的というなら、その手法もあながち間違いではない。が、しかし、フレイムヘイズの戦いへの同行が目的の場合、『うまい上司とうまい部下』や『秘境データファイル』で得た知識は役に立つのか。

そのあたりを訊《き》いてみようと思ったマルコシアスは、田中《たなか》の顎《あご》にある物に気が付いた。

「よう、エータ。なんでえ、その顎んとこの傷はよ」

「ん？　ああ、これね……」

田中は世界時差地図から顔を上げ、顎をさすった。絆創膏《ばんそうこう》が張ってある。

「大したことないよ、ちょっとした勝負で、ボールが当たっただけさ」

屍《しかばね》のようにカウンターに突っ伏していたマージョリーが、ぴくりと反応した。

それには気付かず、佐藤《さとう》がからかう。

「おっかさんが見たら卒倒《そっとう》するかもな。またか、って」

「よせやい。帰るときには剝《は》がしちまうよ」

田中の家も旧住宅地の、それなりに大きな家の人間である。両親、特に母の方が、彼の昔の悪行三昧《あくぎょうざんまい》に神経を磨《す》り減らしたという経緯《けいい》があって、息子《むすこ》の再非行化には敏感だった。

彼はこの一月、学校から佐藤家に直行して自称・猛《もう》勉強、夜になったら帰る、というのを日課にしていた。それに面倒臭さを感じていながら、部屋の有り余っている佐藤家に下宿しようとしないのには、この母親の存在が大きかった。そんなに何度も酷《ひど》い目に遭《あ》わせられるほど悪い人間じゃないよ、と彼は息子《むすこ》として複雑な顔で言っている。

「なんなら、今剝がすか、イチチッ！」

そうして、絆創膏に指をかけた彼に、

「……どっち？」

唐突《とうとつ》に、マージョリーが問い掛けていた。

「姐《あね》さん？」

「勝ったの？　それとも……負けたの？」

田中《たなか》の戸惑《とまど》いの声を無視して、マージョリーはカウンターに突っ伏したまま、顔を隠して問い直す。酔いに揺れる声の中に、どこか切迫した響きがある。

「……」

「……」

田中は、佐藤《さとう》と目を合わせ、ついでに〝グリモア〟を見た。あいにくと、マルコシアスは目線や動作で何かを伝えることはできなかったが、そのソファに埋まる本の姿に、二人はなにか感じるものがあった──と思った。

二人は、一月《ひとつき》に亘《わた》るマージョリーの虚脱《きょだつ》状態から、彼女がこの街を荒らしていたという〝徒《ともがら》〟を追っ払いこそしたものの、かわりになにか、ボロボロになったというだけではない、酷《ひど》い目に遭《あ》わされたらしいことを感じていた。

これまでは、マージョリー・ドーという、自分たちが遠く及ばないドでかい女性に、慰めるなどという失礼で間抜けな真似《まね》はできないと思っていたから、不甲斐《ふがい》なくはあっても、そっとしておいた。

しかし今、その彼女が初めて自分から問い掛けてきた。まるで絡《から》むような口調で。

「どう、なのよ？」

なにか意味がある問いでは、と思いつつも、田中としては正直に答えるしかない。

「……負けました」

「で、でもルールとしては結構反則っぽくて」

「よせよ」

佐藤のフォローを田中は拒《こば》んだ。

そんな彼らに対して、数秒の沈黙を経た答えは、一言だけ。

「……そう」

そして、全く別の話をする。

「明日、買い物……行くわ、よ……」

学校を休んで荷物持ちをしろ、ということだった。

どう返事をしたものか、二人が考えている間に、カウンターからは静かな寝息が。

やがて毛布をかけられ、酒瓶《さかびん》やグラスに埋もれて、敗残のフレイムヘイズは泥に沈むように眠《ねむ》った。

夜を高きへ逐《お》うように、地に満ちる都会の光。

ホテルのスイートルームの壁一面を占める大窓に広がる、その眺め。

この光のどこかに隠れ潜《ひそ》んでいるはずの獲物を思い、ティリエルは薄く笑った。

明日中には、気取られることもないまま十分な数の仕掛けが揃うだろう。この街に潜んでいるフレイムヘイズは知らぬ間に、逃げることのできない檻《おり》に閉じ込められることになる。そうなったら、もうどんな難敵だろうと、こっちが勝つ。

それに念のため、シュドナイという専用の護衛も用意した（今、彼には別室をあてがってある……兄と自分だけの世界に入ることは、どの世の誰であろうと許されない）。

「お兄様」

答えがないのは分かっている。傍《かたわ》らに臥《ふ》したソラトは、もうぐっすりと眠《ねむ》っていた。

人間の〝存在の力〟を糧《かて》に存在する〝紅世《ぐぜ》の徒《ともがら》〟は本来、睡眠をとる必要はない。しかし概《おおむ》ね『人間』ではなく『人間の生活文化』を愛する彼らは、食事や娯楽など、人間の習慣や機能を嗜《たしな》む。この二人のように、眠るのも、寝るのも、その一部だった。

ティリエルはベッドの中、シーツに包まる一つ塊《かたまり》のように兄を抱《だ》き締めた。互いの裸身《らしん》を縒《よ》り合わせるように、強く絡《から》めてゆく。その熱さを感じながら、

「大丈夫、私が、この〝愛染他《あいぜんた》〟が、お兄様を守ります」

夜毎時毎《ときごと》の誓いを、飽きることなく繰り返す。

あの『オルゴール』のことといい、この国での発見は意外に多い。『達意《たつい》の言《げん》』によって、今の自分たちを表すために織り成した言葉、『生まれたままの姿』……なんと綺麗《きれい》な、今の自分たちの在り様に相応《ふさわ》しい響きだろう。

全身で抱《いだ》いた兄と溶《と》け合うような錯覚に酔いしれて、ティリエルは明日を夢見る。

自分がいなければ何もできない兄が、欲望の成就に歓喜する、明日を。

その兄の歓喜がなければ生きていけない自分が、愛情の成果に震える、明日を。


いつもなら屋根の上でシャナの鍛錬《たんれん》に付き合っているはずの時刻、悠二《ゆうじ》は自分の部屋で慣れない工作器具と格闘していた。

「……いったい、なにをするつもりなんだ?」

机の上には新品の工作器具が所狭しと並べられ、その中央で、アラストールの要求した品が分解の処置を受けている。

携帯電話だった。

「貴様の知ったことではない。言われたとおりに作ればよいのだ」

悠二の机の上に置かれたペンダント〝コキュートス〟から、アラストールがこれ以上ないくらいに素っ気ない口調で言う。

彼がシャナに要求したのは、この携帯電話と工具一式だった。それで悠二に何をさせているかというと、

「〝コキュートス〟を、この中に内蔵できるようにしろ。電話本来の機能は不要だ」

ということだった。

悠二《ゆうじ》には作業の意味は全く分からなかったが、アラストールが無駄《むだ》なことをするはずもない。いずれ分かること、と作業に専念する。

「これくらい、かな?」

ドリルや糸鋸《いとのこ》で基盤に乱暴に開けた穴を〝コキュートス〟に向けて見せる。目を凝《こ》らす、ということがあるのかどうか、アラストールは数秒の間を置いて答える。

「ふむ、一応、周囲に鑢《やすり》もかけるのだ。棒型の物があるだろう。きっちりとはまって、我が意識が余計な振動に晒《さら》されぬようにしろ。そのための緩衝材《かんしょうざい》も買わせてある」

「なんでそんなに詳《くわ》しいんだ? ……ええと、この固いスポンジみたいな奴《やつ》か。これ、鑢をかけた後にボンドで貼ればいいのかな」

「うむ、そんなところだ。細かな仕上がりに期待はせぬ。ただ丁寧《ていねい》にやれ。あとは、まとめた鎖《くさり》を中で支持するための構造も考えるのだ」

「注文が多いなあ」

「文句を言うな」

「はいはい」

そんなやり取りの真上。

今日、シャナは一人、屋根の上での鍛錬《たんれん》を行っている。

棟《むね》に腰掛けて、両手を前に突き出す態勢のまま、じっと静止している。

時折、さっと細かな水滴を散らすように雨が降る。

シャナは、多少濡《ぬ》れたところでこたえないし、すぐ乾かすこともできるからと、小雨である内は無視して鍛錬を続けることにした。実際、湿《しめ》らされた前髪が少し鬱陶《うっとう》しいくらいだ。

今日は悠二がいないので、そう大きな力は消費できない。派手な動きや現象は起こさないので、封絶《ふうぜつ》も行っていない。

アラストールの一部を顕現《けんげん》させるための構造の力を練る。

その感覚を、実際の現象へと変えずに摑《つか》もうとする。

自分の存在を空間に広げてゆくイメージを描く。

（……）

しかし、なんだか集中できない。下でなにをやっているのか気になったし、なにより、完全な一人、という状況に慣れていないせいでもあった。

そんな、気力の集中がふと途切れたとき、

（……一人は嫌《いや》だな）

自然とそう思った。

それを恥ずかしいとも、みっともないとも思わなかった。

(だって、千草《ちぐさ》と一緒にいると、嬉《うれ》しい)

美味《おい》しい食事と温かな場所をくれる、優しい笑顔の女性。

(皆と遊ぶのは、楽しい)

ドッジボールやシャワー室で騒いだ、賑《にぎ》やかなクラスメートたち。

(アラストールがいないと、寂しい)

胸の上で、いつも自分を見守ってくれる、心優しき異世界の魔神《まじん》。

(悠二がいないと……やだ)

そして、いつの間にか傍《かたわ》らにいることが当然と思えるようになった、少年。

(いないと……すごく、やだ)

そういえば、ここに来たばかりの頃、アラストールが言っていた。

(——「交われば、むしろ困ることが増えるだろう。しかし、悪くはなかろう?」——)

あのときは、その言葉の意味がよく分からなかった。

なんと答えればいいのかも、分からなかった。

なんと答えたのかも、思い出せない。

しかし、今ははっきりと答えられる。

たった一言で。

「うん」

4　激突の日

翌朝は、清澄《せいちょう》の蒼《あお》に厚い黒雲が疎《まば》らに散っているという、不思議な晴天だった。

そんな、日の出も近い空の下、坂井《さかい》家は非常事態に見舞われようとしていた。

雨の名残《なごり》にぬかるんだ、その狭い庭に向けて、深いため息が漏《も》れる。

「ふう……」

縁側を兼ねる掃出《はきだ》し窓に、いつものジャージ姿の悠二《ゆうじ》が腰掛けていた。これから起きることを思うと、ため息も出ようというものだった。

(……『世紀の対決』ってのは、こういうことを言うんだろうな)

ため息の代わりに早朝の爽《さわ》やかな空気を吸い込み、シャナと本日の主賓《しゅひん》……正確には、主賓を内蔵した携帯電話の到来を待つ。

これから坂井家で起こる非常の事態……頂上決戦、とでも言おうか。

片や、〝紅世《ぐぜ》の王〟たる魔神《まじん》〝天壌《てんじょう》の劫火《ごうか》〟アラストール。

片や、〝坂井悠二の母〟坂井千草《ちぐさ》。

後者は、肩書きこそ（その主体となる人物の頼りなさゆえに）心許《もと》なく思えるが、当人の非常に微妙《びみよう》な意味での凄《すご》さは、すでに周知のことである。

その証拠に昨夜、この対決のあることをアラストールに知らされたフレイムヘイズ、『炎髪《えんぱつ》灼眼《しやくがん》の討ち手』シャナも、大いに困惑していた。

「ふえっ⁉ アラストールが、千草と話を――？」

つまりアラストールは、昨夜悠二《ゆうじ》に作らせた〝コキュートス〟内蔵の携帯電話を使って、千《ち》草《ぐさ》と対決――会談とも言う――しようというのだった。

一体どういうわけで彼がこんなことを思いついたのか。なにを話そうというのか。悠二はおろかシャナにさえ、全く見当がつかなかった。千草に対する普段の尊重ぶりから、彼に害意がないのは明らかだから、余計にこんなことをする狙《ねら》いが分からない。

あまつさえ、

「我の蔵された携帯電話を奥方《おくがた》に渡したら、おまえたちは席を外すのだ。いつもの鍛錬《たんれん》終了の時間まで、戻ってくるのではないぞ」

などと念まで押されては、アラストールに対して特別な親愛の情を抱《いだ》いているシャナが、不安にならないわけがなかった。彼に対する拒否を二人は考えついたことがないので、その思惑《おもわく》がなんであるにせよ、言いつけには従う他《ほか》ないのだが……それにしても妙な成り行きになったものだった。

やがて家の中に、古びて間延びした呼鈴が響いた。誰も玄関には出ない。どうせ鳴らした者は、すぐ庭の方に回るのだ。

そしてやはり、いつもの体操服を着たシャナが、玄関の脇《わき》を通って現れた。制服を入れたバッグと学生鞄《かばん》を持っているのも、いつも通り。しかし、

「おはよ」

と挨拶する表情には、僅《わず》かな緊張が見える。

「うん、おはよう」

悠二は答えながら、自分も同じ顔をしているのだろうな、と思った。お互い気分は、保護者と教師だけで進路を相談される受験生、それとも欠席裁判の被告人というところか。

「いらっしゃい、シャナちゃん。いい朝ね」

奥から、おっとり顔に柔らかな笑みを浮かべて、千草が顔を覗《のぞ》かせた。

「うん、いい朝」

シャナは短く答えて、縁側に鞄とバッグを置く。少し躊躇《ためら》ってから、台所に戻ろうとする千草に声をかけた。

「あ、千草」

「なに？」

呼び止められて、千草は再び縁側に顔を出した。シャナが何か言いたげなのを感じ取ると、

膝《ひざ》を折って座り、目線を合わせる。彼女のこういうところも、シャナは好きだった。

「あの、アラストールが、電話で話をしたいって」

「えっ？　アラストオルさんって、あのアラストオルさん？」

さすがに千草《ちぐさ》も驚いたようだった。

シャナはバッグから、昨日悠二《ゆうじ》が改造した携帯電話を取り出した。

新品の中身だけをいじったので、見た目に特別おかしな所はないが、そもそも電装がオシャカになっている。ボタンは全《すべ》て飾りだった。

「私、ケイタイって初めてなんだけど、操作は分かるかしら」

わずかに不安げな表情で、千草はこれを受け取った。

シャナがこれ以上ないほど簡潔に説明する。

「もう繋《つな》がってて、話せるから」

「そう、なら安心ね」

そうなのか、と訝《いぶか》る悠二に目で合図して、シャナは庭を出てゆく。

「じゃ、今日は外で鍛錬《たんれん》してくる」

「え？」

「いつもの時間には帰るから」

そのシャナの言う意味と、微妙に気まずそうな表情から、千草は概《おおむ》ね事態を了解した。問い質《ただ》さず、素直に送り出す。

「そう。いってらっしゃい。気を付けてね」

「うん、いってきます。悠二」

悠二も縁側から立って、シャナに続く。

「それじゃ、いってきます」

「はい、いってらっしゃい」

千草は出てゆく二人を見送ると、渡された携帯電話をしげしげと眺めた。街中《まちなか》で何度も他人が使っているのを見てはいたが、実際手に取ってみると、上下表裏の区別くらいしか分からない。

とりあえず、人の真似《まね》をして、普通の受話器のように当ててみる。シャナが繫がっていると言うなら繫がっているのだろう。

「もしもし、お待たせしました。平井《ひらい》ゆかりさんにはいつもお世話になっております。坂井悠二の母、千草と申します。アラストオルさんでいらっしゃいますか？」

千草は、いつもの柔らかな調子で、〝紅世《ぐぜ》〟の魔神《まじん》に語りかけた。

悠二とシャナは、明けるまで少し間のある早朝の街路を、真南川《まな》の河川敷《かせんじき》に向かって歩いていた。シャナの指示である。

都会の大河の例にもれず、その堤防上の道は近隣住民のジョギングコースとなっていて、人通りは昼よりもむしろ早朝の方が多い。あまり人好きでもないシャナが、自分からそこに向かうよう言ったのは、なにか見せたいものがあるから、ということだった。

「アラストール、なにを話すつもりなんだろう?」

「さあ。帰ってから訊《き》けば?」

すっぱり言い切るシャナの顔には、さっきまでの不安の色はない。千草《ちぐさ》にアラストールを任せたことで(あるいはその逆か)気が楽になったのか、その足取りも軽かった。

(そういえば、アラストールがいない、シャナと本当の二人っきりってのは初めてだな)

と悠二《ゆうじ》は思った。

厳密にはアラストールの本体はシャナの内にあるし、〝コキュートス〟も、彼女とアラストールどちらかが望めばすぐ手元に戻るというから、そのことに過度の幻想を持つのは危険ではあったが――

(――って、だからなんなんだ?)

最近、なんでもそういうことに結び付けそうになる。どうせ深く考える前にストップするような半端《はんぱ》な気持ちだというのに。

悠二はそんな心中をなんとかして押し隠し、会話を続ける。

「訊いたところで、話してくれるかな」

「話していいことなら、多分ね」

「それって訊く意味ないような……」

「じゃあ、訊かなきゃいい」

「そういうものなのか？」

「そういうものよ。無理に訊き出しても、嘘《うそ》や誤魔化《ごまか》しが混じるだけ」

シャナの方は変わらない。やはり身も蓋《ふた》もない、すっきりした物言い。

と、その歩調が速まった。

「それよりも、少し急ぐわよ」

「なにを見せたいんだ？」

「行けば分かる」

ぶっきらぼうな言葉の端《はし》に、楽しさが覗《のぞ》いた。

それを感じて、悠二は嬉《うれ》しくなる。

彼女が自分からそういうことを教えてくれる、彼女が自分の中に触れさせてくれる。

それが、なにより嬉しい。

それが、ストップするはずの気持ちに、少しずつ力を加えてゆくのを奥底で感じる。感じて、恐さとともに期待している、シャナは小走りに急ぐ。

遅れることなく、悠二《ゆうじ》はついてゆく。


「お初《はつ》に御身《おんみ》の声に浴する、奥方《おくがた》」

「ご丁寧《ていねい》に、どうも痛み入ります」

保護者同士の話は、こんな古めかしいやり取りで始まった。

（シャナちゃんの大好きな方なら、余計な世間話で始めるよりも……）

と千草《ちぐさ》は考え、すぐさま本題に入る。

「それで、わざわざご連絡をいただけたのは、どのようなご用向きからでしょうか？　平井《ひらい》ゆかりさんのことと、お見受けいたしますが」

（ほう、さすがに分かった奥方だ）

と感嘆したアラストールは、しかし口調を強いて厳しくして答える。

「その通りだ。それと、あれのことはシャナと呼んでもらって差し支えない、奥方。我もそう言い習わしている」

「あら、アラストオルさん公認のニックネームですのね。なにか意味でも？」

「うむ、そのようなものだ。それで我が用向きだが……」

「はい」

わずかに間を置いて、アラストールは言う。

「実は、昨日のことだ」

「昨日？」

にこやかに答える千草。

「つまり、いわゆる、奥方の恋愛観を否定するわけではないのだが……」

あら、と千草は察した。頬《ほお》に手を当てて、少し照れたように答える。

「シャナちゃん、喋《しゃ》ってしまったんですね。お恥ずかしいことです」

「いや、我が、そう、我が無理矢理に訊《き》き出したのだ」

「いずれにしても、あのシャナちゃんにそんなことを話してもらえるというのは、深く信頼されていらっしゃる証拠ですわ」

「……そうであるとは、いささかなりと自惚《うぬぼ》れているが」

まさか一緒に聞いていたとも言えない。

「自惚れというのはご謙遜《けんそん》でしょう。アラストオルさんを語るときのシャナちゃんは、本当に誇らしげですのよ？」

「む……」

千草《ちぐさ》の言葉は、心にもない『お世辞《せじ》』ではなく、事実を伝えることで喜んでもらおうという『気遣《づか》い』だった。

（いかん、どうもこの奥方は、調子が狂う）

アラストールは、自分が彼女との会話を快く思ってることに危機感を持った。もっと強い調子で「シャナに余計なことを吹き込むな」と言わねばならないのに。今も、どっちがどっちに同意しているのか？

その千草の方が無自覚に、アラストールの期していた本題に触れる。

「ずいぶんと大事に大事に育てられたのですね。とっても純粋で、いい子ですわ」

「当然だ。大事に育てた、大切な子だ。誇り高く力強く、使命に燃える——っむ」

「使命……なにか彼女の進路に既定の方針でも？」

「う、うむ、その通りだ」

警戒を解かされて、つい口を滑《すべ》らせたことにアラストールは焦《あせ》り、性急に自分の要求を突き付ける。

「とにかく、シャナに昨日のような、坂井悠二《さかいゆうじ》との不用意な接触を誘発するが如き助言は、慎《つつし》んでもらいたいのだ」

アラストールは、要求のテンションが予定より若干下《じゃっかん》がったように感じたが、

（奥方《おくがた》は賢明だ、それで我が懸念《けねん》も全《すべ》て察してくれよう）

と知らぬ間に寄せた信頼を元に、そう判断した。

ところが千草は、まさにアラストールが評価したその賢明さから、彼の思いの及ばない部分を見ていた。

「お説は伺《うかが》いました。でも、、、、、、、、シャナちゃんのために、もう少し、お話をさせて頂いてもよろしいでしょうか？」


真南《まな》川の堤防に沿って走る、信号のない車道。

交通量も少ないそこを適当に横断して、シャナと悠二は高い堤防の階段を上る。

堤防に埋もれるような、古びたコンクリ階段の泥を避けつつ、悠二は訊《き》く。

「見せたいものって、もしかして夜明け？」

もうすぐその時間ではある。しかし並んで階段を上るシャナは首を振った。

「そんな当たり前のもの見せてどうすんの。おまえは知らないんだろうけど、この河川敷《かせんじき》、なかなかいい立地なのよ」

「？」

立地と言われても、夜明け以外にこんな場所に見るものなどあるだろうか、今さら真南川でもないだろうけど、などと思う。思いつつも、シャナの口振りから期待を持つ。

「私の大好きな眺めが、こんなに大きく見えるんだもの……ほら!」

期待は、違《たが》えられることはなかった。

階段を上りきった先に、光景が開ける。

「あっ――――」

河川敷《かせんじき》の大駐車場に、
二倍に広がった青空があった。

駐車場のアスファルトが昨日の雨で漆黒《しっこく》の鏡となり、夜明け前の深く澄んだ蒼《あお》を、その満面に暗く、しかし鮮やかに映し出していた。

その光景に呑《の》まれるように立ち尽くす悠二《ゆうじ》に、シャナは得意気な声をかけた。

「どう?」

その目線は悠二ではなく、二倍の青空に向けられたまま。

悠二もシャナに目をやらず、光景を見つめたまま答える。

「うん」

それは、シャナへの完全な同意。

悠二は美しさを言葉にする愚《ぐ》を避け、ただ、

「こんな眺めがあるんだ」

と言った。

「うん、たくさん、あるよ」

シャナの簡潔な、しかし素晴らしい答え。

それを噛《か》み締めるように、しばらく黙っていた悠二は、やはり蒼に目を据《す》えたまま、先への憧れと今の気持ちを、素直に口にした。

「もっと、知りたいな」

「いい、いい、いい」

「…………まだまだ、ね」

シャナはそれに気付きながらも、目線を動かさずに微笑《ほほえ》む。

同じ求め。

一昨日の晩と、同じ求め。

なのに、どうしてこうも響きが違うのか。

二人は並んで、しかし顔を合わせずに、広いこの世を見る。

「頑張《がんば》るよ」

「うん」

シャナは目を細めて、河川敷に広がる光景と吹き渡る風、そして悠二に満足した。

「……？　なにか、奥方《おくがた》」

「シャナちゃんは仰《おつしや》るとおり、誇り高く力強い、いい子です。でもその一方で、とても幼くて脆《もろ》い部分を持っているようにも思えるのです」

千草《ちぐさ》はそこで言葉を切り、アラストールに踏み込んだ発言への許可を求める。

「……続けていただきたい」

「はい、では失礼して。シャナちゃんは、自分が認識し、また普段振るっているものと違う力……つまり人の『気持ち』や『想い』というものですが……それが持つ複雑さや強さを、ほとんど体験していない、もしかすると常識の範囲内での、その在り様さえ知らないのではありませんか？」

千草は痛いところを突いていた。

たしかにアラストールたちは、シャナをそのように育てた。使命に生きるフレイムヘイズ、ただひたすらに、それのみの存在として。

「私の見たところ、シャナちゃんはその種の力に対処することが、全くできていません。できるのは、ただ戸惑《とまど》ったりうろたえたり……」

千草は淡々と、携帯電話の中の魔神《まじん》に語りかける。

「例えば、アラストオルさんが心配してらっしゃる家の悠二《ゆうじ》が、その若さから想いを暴走させてシャナちゃんに迫ったりしたら……純真無垢《むく》に過ぎるあの子の心は、一体どれだけ抵抗できるでしょう？」

「む、……」

アラストールは唸《うな》った。どうもこれは、彼が最も欲していた類《たぐい》の助言であるらしい。

「昨日、私はそれを感じて、だからシャナちゃんにあんなお話をしたのです。そんな感情や状況をあしらえるように、きっちりと教え、備えさせておかないと。無知と清らかさは違うものだと、私は思うのです」

「それは……その通りかも知れぬが、もっと長い年月をかけて、ゆっくりと体験させ、教えてゆきたいと、我は考えていた……まだ、早すぎるのではないか」

「それは、そうでしょう。私も同感です」

アラストールにとっての『早すぎる』とは、フレイムヘイズになってからの年数のことで、千草《ちぐさ》がそうととらえた外見上の幼さのことではないが、この際、話は通じるので問題はない。

「でも、そんな周囲の願望と、本人が実際に突き当たる時期とは、必ずしも同調してくれないものでもあります。女の子は見かけよりずっと、早熟なものですしね」

「それは、奥方《おくがた》の経験から得た知識なのか」

少々無神経なアラストールの問いに、千草は頬《ほお》を赤らめて答える。

「ええ、まあ……とにかく、教えるべきことを教えるのに、早すぎるということはないと思います。シャナちゃんは、ときどき危険なくらいに無防備なところを見せますから、流されないように騙《だま》されないように、自分と相手の気持ちを御《ぎょ》せるようにしておかなくては」

「……」

アラストールは闇雲《やみくも》な保護者意識から覚め、今さらのように悟《さと》った。

なんのことはない、坂井《さかい》千草もシャナを守ろうとしていたのだ。しかも、おそらくは〝天壌《てんじょう》の劫火《ごうか》〟の力がどうしても及ばない分野で。

彼は、顕現《けんげん》していれば炎《ほのお》の嵐となっていただろう大きなため息をつくと、おもむろに、ちっぽけだが奥深く賢明な人間に詫《わ》びた。

「……奥方。我が突き付けた、無思慮な要請を撤回させてもらってよいだろうか。我もこの世には長いが、まだまだ人間というものに対する理解が浅いようだ」

千草は、この額面どおりの言葉を、気の利いた諧謔《かいぎゃく》と受け取った。にっこりと笑って返す。

「こちらこそお詫《わ》びします。シャナちゃんと近しい距離にあることで図に乗って、出すぎた真似《まね》をいたしました」

「いや、奥方のように賢明な方が坂井悠二《ゆうじ》の母であったことは、まことに僥倖《ぎょうこう》だった。奥方さえよければ、これからもシャナのことを見守り、また助言してやって頂きたい」

「願ってもないことですわ。微力を尽くさせていただきます」

いつの間にか、そういうことになっていた。

アラストールはそんな成り行きと結果に納得していたが、それでも、千草に対してではない不満から言いたいことがあった。つまりは保護者としての愚痴《ぐち》である。

「しかし、いずれそういう者が現れることに異存はなかったが、よもやこれほど早く、しかもあの程度の若造……いや、失言だった、奥方」

千草《ちぐさ》も同情して、くすりと笑う。

「いいえ、構いません、事実ですから。シャナちゃんみたいないい子、家の悠二《ゆうじ》なんかには、本当に勿体《もったい》無さ過ぎますし」

二人とも、本人がいないと思って言いたい放題である。

「む、そのシャナのこと、くれぐれも宜《よろ》しく頼みたい」

「こちらこそ、アラストオルさんには、シャナちゃんのためにも、家の悠二のことを厳しく叱《しっ》咤《た》していただきたいものです」

（いや、その点については心配ない、奥方《おくがた》）

「それに、シャナちゃんなら大丈夫。あの子はきちんと教えれば、そこから自分なりのやり方で、正しい答えを見つけられるはずです。その信頼は、お持ちでしょう？」

アラストールは、これについては即答することができた。

「無論だ」

シャナと悠二が定刻、恐る恐る坂井《さかい》家に帰ってみると、もう千草は朝食の仕度のため台所に戻っていた。

縁側には、キンキンに冷えた麦茶の容器と伏せた二つのコップ、山盛りクッキーの皿を載《の》せたお盆《ぼん》が置かれている。

シャナはクッキーの誘惑を（とりあえず）振り切って、それよりも、とあたりを見回す。

携帯電話は、シャナのバッグの傍《かたわ》らにあった。

おっかなびっくりそれを取ると、シャナは千草の死角、庭の隅へと移動する。傍《かたわ》らの悠二と顔を見合わせてから、おずおずと訊《き》く。

「……アラストール？」

「シャナ、これからも奥方の言うことをよく聞くのだぞ」

「へ？」

「坂井悠二、もっと励め。母に恥をかかせるものではない」

「は？」

二人は再び顔を見合わせた。


その日も、池速人《いけはやと》はいつものように、かなり早めに登校した。

教室に着いて、彼が最初に目にしたのは傘《かさ》立て。

入り口の脇《わき》にあるのだから当然ではある。

ところが彼はそこに、ありえない物が刺さっているのを発見した。

昨日、坂井《さかい》悠二《ゆうじ》が忘れて帰ったはずの傘《かさ》。

自分が抜き取って、渡したはずの傘。

その意味に気付いて、教室を見渡す。

一人ぽつんと、少女が座っていた。

顔を俯《うつむ》け、肩を力なく落として。


晴天にある日は、朝から昼へと、その輝きの色を変えつつあった。

そんな、商店街や駅前のデパートなどが開く頃合を見計らって、マージョリーとその子分二人は佐藤《さとう》家を出た。

当然のことと先頭をゆくマージョリーは、モデル裸足《はだし》の美貌《びぼう》と長身、抜群のスタイルを誇っている。フレイムヘイズとなった瞬間、〝王〟の器となった人間は肉体的な成長を止めるというから、なんとも最高にナイスなタイミングだった、と佐藤と田中《たなか》は思う。

今も、旧住宅地から市街地へと続く道をダラダラと歩く彼女は、昨日のままのワイシャツとバギーパンツ、上にジャケットを引っ掛けただけ、という姿だが、その美貌と存在感が『単なるズボラ』を『ファッションとしてのラフ』に錯覚させてしまう。

ただ、〝グリモア〟を脇《わき》に抱《かか》える姿勢には力がなく、大きめの革靴《かわ》を引きずる足取りも緩《ゆる》い。

モデルはモデルでも徹マン明けのモデルだった。

そんな彼女の後に、小洒落《こじゃれ》た普段着姿の佐藤と田中が続いている。高一として標準的な体格の佐藤はともかく、大柄な田中はギリギリ大学生あたりに見える。よけいなのに引っ捕まりそうになっても、マージョリーが『納得』の自在法で相手をあしらってくれるからその点の心配はないが、さすがに学生服で出かけるわけにはいかはない。

「で、今日はどこなんです、マージョリーさん」

「今日はその、あんまし、女性ばっかのトコってのは……」

佐藤は軽く、田中は恐る恐る訊《き》く。

前の買い物は、ランジエリーショップで行われ、マージョリーは二時間も粘《ねば》った。佐藤は涼しい顔で店員と雑談など交《か》わしたりしていたが、田中はいかにも所在《しょざい》なさ気だった。

マージョリーは、気の抜けた声で返事する。

「決めてないわよ、んなの。目に留まったもんに、テキトーに入るだけよ」

「その目に留まるまでが長いんだ、これが」

「ウインドウの前だけでも十分単位だし」

背後で上がった小さな、女の買い物に付き合わされる男の代表的なぼやきを、地獄耳が捕らえる。伊達眼鏡《だてめがね》の向こうから、以前は鋭かった、今はゆらりと怒気《どき》の漂《ただよ》う眼光が飛んだ。

「お黙り。飯抜きで回ってほしい？」

「あう、それだけはカンベンしてください」

「こっちはむしろ、それが楽しみなわけで」

二人は、もうすっかり彼女に合わせる会話が板《いた》に着いている。

その様子に、〝グリモア〟からマルコシアスが、けたたましい笑い声をあげた。

「ヒーッヒッヒ、それじゃ、今日も張り切っていってみよーかい」

その姿なき声に、通りすがりの人がビクリと肩を跳《は》ね上げて驚いたが、いつものこと、なんでもないこと、と常識の強固さを知る三人はそれを無視した。


昼休みになって、ワイワイと賑《にぎ》わう教室から学食組が出てゆく。

その中に、なぜか池《いけ》、悠二《ゆうじ》、シャナ、吉田《よしだ》という、弁当組レギュラー四人の姿があった。佐《さ》藤《とう》と田中《たなか》は、ここ最近たまにある、二人揃っての欠席。つまりこの四人は、いつも机を寄せて弁当をつかう六人の残り全員ということになる。

それぞれの手には袋やら弁当箱やらがあるので、彼らは学食を使うわけではない。学食に行く友人と一緒に食べるため弁当を持ち出す者もいるが、彼らは違う。

「たまには別の場所で食べよう」

という池の急な提案で、その別の場所とやらに向かっているのである。

悠二とシャナは、どういうわけか朝から元気のない吉田を、久々に晴れた青空の下で食べさせようという池らしい気遣《づか》いだろう、と単純に思っていた。その吉田は、これはいつものことだが、大人《おとな》しく彼らの後に続いている。

悠二は早朝のことで気分がよくなって、

（せっかく、シャナが他《ほか》の奴《やつ》と一緒にいることも――少しは――許せる気になってたのにな）

などと、独占欲の裏返しの寛容《かんよう》さを偉《えら》そうに胸に抱《いだ》いていたのだが、あいにくというか幸いというか、その忍耐力を試される機会を与えられることはなかった。

やがて池は、上への階段を上がり始めた。後に続く三人は怪訝《けげん》な顔をする。

市立御崎《みさき》高校は、教室の区分けを、一年生一階、二年生二階、三年生三階にしているので、悠二たち一年生は普通、上の階に行くことはない。

ところが池は、三階も通り過ぎて、さらに上に。

（あれ、ここは……？）

悠二には心当たりがあった。

以前、この街に凶暴《きょうぼう》なフレイムヘイズが襲来した（悠二にとって、先のマージョリーとの戦いの印象はこうである）際、その戦いに先立って、シャナがこの屋上出口の扉を蹴《け》破り……

と思う内に池《いけ》が、真ん中から向こう側にひん曲がった鉄扉《てっぴ》を開けた。

「前に誰かが壊《こわ》して、まだ修理ができてないんだってさ。結構眺めはいいよ」

先生が修理の業者を呼ぶ話をしてるのを聞いた、とのことである。ちなみに、その壊した当人は涼しい顔で、これを聞き流している。

四人が出た先は、なんの変哲《へんてつ》もない、ただのコンクリの平面だった。古い金網のフェンスとひび割れに生《は》えた雑草が、せいぜいの飾りである。昨日の雨のせいで、まだその全体は黒く湿《しめ》っていた。

ただ、たしかに眺めは良かった。御崎《みさき》高校のある住宅地には高層の建築物がないので、少し高い場所にくると空が大きく見えた。それほど遠くない距離に真南《まな》川とその堤防が長く横たわり、大鉄橋・御崎大橋を越えた対岸から、いきなりビルの林立が始まっている。

「ここが開いてることは生徒のほとんどが知らないし、先生もまず見回りには来ないから、のんびりできる。入り口の裏に、丁度《ちょうど》見晴らしのいい場所もあるよ」

どうやら下見までしていたらしい。周到《しゅうとう》な奴《やつ》、という悠二《ゆうじ》の池に対する評価には、彼が湿った場所に敷くためのビニールシートを手持ちの袋から取り出したことで、やりすぎなくらい、が付け加えられた。

「さ、弁当、食べよう」

意味のないことはしない友人の、このなにか企んでいそうな口調に、悠二はなんだか嫌《いや》な予感を覚えた。

「さて、もう少しかしら」

市街地の大通り、その一角に広がった『揺りかごの園《クレイドル・ガーデン》』の中で、ティリエルは一息ついた。自在式を打ち込んだ、大学生か高校生かの少女に向けていた指を下ろす。

その少女は瞬時にトーチへと変じ、死ぬ。

周りの、連れらしい同年代の少年たちも皆、ソラトによって喰われていた。トーチを作る量だけを残して全《すべ》てを喰らい尽くすと、すぐさま振り向いて言う。

「もうすぐなんだね、もうすぐ、『にえとののしゃな』をおいかけてもよくなるんだよね!?」

「ええ、そのとおりですわ、お兄様。今日中に仕掛けを終えて、もう明日には」

「やったあ!」

そんな無邪気《むじゃき》なソラトを置いて、シュドナイは街並みを一巡、素早く窺《うかが》う。昨日から、立ち止まる毎に続けている仕草である。

「やったあ、はいいが……ティリエル、この街に漂《ただよ》うフレイムヘイズの気配、なにか妙だと思わないか」

「どういうこと?」

「昨日から、ずっと感じ――」

「あっ‼」

とソラトが叫んで、シュドナイの話を邪魔した。その青い瞳がキラキラと輝いて、『揺りかご《クレイドル》の園《・ガーデン》』越しに、道路の向こう側を見ている。

その視線の先には、広告のアドバルーンをいくつも浮かべるデパートらしきビルがあった。

「ほしいよ、ほしいよ、ティリエル！　あたらしい、ぴっかぴっかのおもちゃだよ！」

ティリエルはにこやかに、

「ええ、参りましょうか、お兄様」

シュドナイはため息をついて、

「やれやれ、またか」

ソラトの『欲望の嗅覚《きゆうかく》』が捉《とら》えた獲物に向けて、歩き出す。

ホカ弁を食い終わった池《いけ》がさり気なく、しかし強烈な一撃を悠二《ゆうじ》に向けて繰り出した。

「そういえば坂井《さかい》、高校に入ってから、おまえの家に遊び行かなくなったな」

悠二は、吉田《よしだ》がいつにも増して遠慮がちに渡した弁当を、危うく吹き出しかけた。

「っ⁉　ゴホ、ン、あ、ああ……そうだっけ、そうだな」

「佐藤《さとう》の家とか、広くて人のいない所が他《ほか》にあったし。おまえのお母さんも、嫌いじゃないけど、お互い子供扱いされる所って、あんまり行きたくなくなるんだよな」

「あ、うん」

なにか、真綿《まわた》で首を締められる……というより、巻かれた真綿の周りからコンクリが染《し》み込んでくるような、逃げようのない圧迫感が言葉の端《はし》に匂《にお》う。

池速人《はやと》という少年が、こういう回りくどい話し方をするときは大抵ろくなことにならない、と悠二はこれまでの付き合いでよく分かっている。

そんな彼から視線を外した悠二は、自分の対面に座っている吉田の様子がおかしいことに気付いた。

(吉田さん……?)

伏せる寸前に傾けた顔は蠟《ろう》のように真っ白になり、箸《はし》を持つ手が小刻みに震えている。口を開け閉めしているのは、なにかを言おうとしているのか、息を継《つ》ぐためか。

池は話を続ける。

「それで、今朝早くのことなんだけどさ」

「!!」

悠二は、自分の中の『零時迷子《れいじまいご》』が跳《は》ね上がったように感じた。

「昨日おまえが忘れた傘を届けよう、って思ってさ」

（池君《いけ》!?）

吉田《よしだ》は、池が主語をわざと省略したことに気付き、彼が今から何をしようとしているかも理解した。胸が重く鈍《にぶ》い、刺すような痛みを訴え、思わず力一杯目を瞑《つむ》る。

シャナには、この会話がなにを意味しているのか、さっぱり理解できない。

（今朝早く？　悠二《ゆうじ》とあれを見に行ったこと？）

と事実についてだけ思いを巡らし、メロンパンを頬《ほお》張る。

専門店の味はもちろん最高だが、この舌に馴染《なじ》んだ市販品の、わずかにしっとりした感じも嫌いではない。これはこれで、というやつだ。

などと呑気《のんき》に思うシャナを余所《よそ》に、池は遠まわしな追及を続ける。

「そうしたら、真南《まな》川の方から……来るの、見てさ」

（……やめて……）

吉田は、真っ暗なはずの視界がグラグラ揺れているように感じた。彼に訊《き》かれて、自分が見たものへの苦しさ悲しさから、ついいつものように話してしまったことを、心から後悔する。

「いつからなんだ？　ずっと吉田さんの好意を受け取っといて」

言う池の胸の内には、本人にも全く予想外の憤激《ふんげき》があった。

傲慢《ごうまん》にも、彼女の代わりに怒ってやっているのか。

それとも、まさか。

「……それは、その」

悠二は、どう答えていいか分からなかった。

相手の好意に甘えていい気になっていた自分に、とうとう、予想もしない友人からの弾劾《だんがい》が来た。そのことに動揺しきって、シャナとはそんな関係じゃない、ただ体を鍛えてもらっていただけなんだ、という類《たぐい》の、言い訳さえ口に出せない。

そう、それが言い訳だと分かっていた。

（やめて）

吉田は、閉じこもる暗さの中、怒りを抱《いだ》いていた。

自分とは比べ物にならない力をぶつける少年が、正確に自分の代弁をしてくれているはずの少年が、今までずっと助けてもらってきた憧れの少年が。……全《すべ》ての信頼と好意が、逆に怒りを強めていく。

「こんな半端《はんぱ》なことをしてたら、結局悲しい目に遭《あ》うのは――」

「やめて‼」

絶叫とともに自分の弁当を放り捨てて、吉田が立ち上がった。

驚き、その姿を見上げた池は、絶句した。

「た、頼んでないよ、池君！　こんなこと‼」

池を睨《にら》み据《す》える瞳から、ボロボロと涙が零《こぼ》れ落ちていた。

「よ、吉《よし》──」

「私、そんなのじゃないの！　違うの!!」

意味不明な言葉を投げつけるや、吉田《よしだ》は背を向けて駆《か》け去った。その小さな、激情に強張《こわば》った背中は、全《すべ》てを拒絶していた。

残された三人は、後を追いかけることはおろか、立ち上がることさえできなかった。彼女の姿が屋上から消え、鉄扉《てっぴ》の閉まる音が響くまで、息をすることも忘れて座り込んでいた。

やがて悠二《ゆうじ》は、どういうわけか、彼女に怒りを向けられてしまった友人を見た。

池は座ったまま微動だにせず、ただ、今まで見たこともない顔をしていた。

悠二は、こんな顔をした友人を守らねばならない、と思った。シャナに言う。

「ちょっと、席外してくれないか？」

「？　……うん」

吉田の逆上に驚き、呆然《ぼうぜん》としていたシャナは、素直に従った。お菓子の袋を持つことも忘れて、屋上から出てゆく。一度だけ振り向いて悠二を見たが、彼は首を振って説明を避けた。

やがて、鉄扉の閉まる音を聞いて、悠二は再び池を見た。

彼は、泣きそうな顔をしていた。

ただでさえ人目を引く〝愛染《あいぜん》〟の兄妹は、デパートの玩具《おもちゃ》売り場という、来客をかなり限定する場所では、完璧に浮いてしまっていた。もっとも、そう思っているシュドナイの、ダークスーツにサングラスという姿も、ここでは目立ちすぎるほどに目立っているのだが。

ソラトは様々な、新品の光沢《こうたく》と浮いた雰囲気に満ちる多くの棚の一つに、迷うことなく直行した。目当ての玩具《おもちゃ》セットを見つけて目を輝かせる。

シュドナイが、

（……今度はなんだ？）

と見てみると、それぞれバイクやら飛行機やら大砲やらに変形するらしい、信号機のような色をした三体のロボットのセットである。やはり、どうでもいい玩具だった。

ソラトはその、棚に乗った自分の欲望の対象を、うっとりと眺める。しゃがんでそれを、まるで太陽でも見上げるかのように下から仰《あお》ぎ見る姿勢まで取った。

今度の興味は何分もつのやら、と思うシュドナイに、ティリエルが話し掛けた。

「シュドナイ、あなたさっき、なにを言いかけたの？　フレイムヘイズの気配がどうとか」

兄を守るために念を入れているのだろう。シュドナイとしても、護衛という自分の役割上、回答するのにやぶさかではない。

「ああ。我々は昨日から、かなり広範囲にわたって、罠《わな》を仕掛けてきた」

「それがなに？」

「その間ずっと、ほとんど変わらない大きな気配を感じ続けたんだよ」

まるで近くで見張られているように思えたティリエルは、少し不快気に言う。

「……私の『揺りかごの園《クレイドル・ガーデン》』が、見破られているとでも？」

ソラトは、そんな話には全く興味がない。ただ棚の上にあるロボットたちが、今の〝愛染自《あいぜんじ》〟の心を占める全てだった。

これをティリエルにかってもらったら、あそんで、あそんで、いっぱいいっぱいあそんで
……ええと、あとはわからない。

「まさかな。もしそうなら、さっさと仕掛けるか、逃げ出すかしているだろう。我々は、営々と罠を仕掛け続けているんだぞ？」

「わ、分かってるわよ……それで、あなたの見解はどうなの」

「ああ、これは非常に稀《まれ》なケースだが、この街には——」

そんな会話の外、
ソラトの横から子供が走ってきて、彼が見ていたロボットのセットを、その目の前で取り上げた。後からやってきた母親らしき女性に掲げて見せる。

「お母さん、コレだよコレー！」

びっくりしたソラトは、その掲げられたロボットのセットを追って立ち上がる。

母親らしき女性は、玩具《おもちゃ》売り場に金髪の美少年がいることに驚いた様子だったが、その子供

つぽい仕草《しぐさ》と、なによりロボットのセットを食い入るように見つめる姿に、露骨《ろこつ》な侮蔑《ぶべつ》の色を浮かべた。足りない子、と思ったらしく、子供を連れて足早に立ち去ろうとする。

ソラトはそんな母親のことなど見てもいない。ただ、自分の欲望の対象が持ち去られようとしている、その危機感だけを感じていた。

「ねえ、ティリエル、いい？」

話の途中だったこともあり、ティリエルはこの言葉を、玩具《おもちゃ》を買ってもいいか、という求めと受け止めた。軽く同意する。

「ええ、どうぞお兄様」

子供が真っ二つになった。

腹に横一線引かれ、上下それぞれの半身が吹っ飛ぶ。

母親は、この状況を把握できていないようだった。

霧のように巻く息子《むすこ》の血風《けつぷう》、その向こうから華美《かび》な鎧《よろい》を纏《まと》った金髪の少年が自分に向けて大剣を振り下ろしてくる光景も、ただ呆然《ぼうぜん》と眺めているだけだった。

母親も真っ二つになった。

脳天から足の間まで、抵抗を全く感じさせない速度で、ソラトは大剣『吸血鬼《ブルートザオガー》』を振り抜いていた。面覆《めんおお》いのない兜《かぶと》から金髪がなびき、大剣は斬撃《ざんげき》の余韻《よいん》に血色《ちいろ》の輝きを揺らめかせる。

おとぎ話に出てくる正義の騎士《きし》のような美少年、その壮絶な殺戮《さつりく》に数秒遅れて、立て続けの絶叫が上がった。

「わあ――っ!!」

「ひっ！　ひ、人殺しー!!」

「け、警察、警察！」

それには全く興味を示さず、ソラトは吹っ飛んだ子供と別れた母親を炎《ほのお》に変え、一気に吸い込んだ。やはりトーチの分だけ火を残すと、後に残されたロボットのセットを拾い上げる。が、その箱は放り出された衝撃《しょうげき》で大きくへこみ、中のロボットも掻《か》き回されて新品の整然さを失っていた。

「……いいや、もう」

ソラトはとたんに興味を失って、その箱を放り出した。

そんな兄の様子を見たティリエルは両手を腰に当て、困った風に笑う。

「ああもう、お兄様ったら！　そういうことをするときは、まず封絶《ふうぜつ》してからだ、ってさんざん言ったのに。大騒ぎになってしまうでしょう？」

その言うとおり、売り場は大騒ぎになっていた。喰われた残り火でトーチを形成するまでは、この異変は人間によって認識されたままだ（トーチ形成後は、理由なき狂騒《きょうそう》――錯乱《さくらん》となる）。逃げ惑《まど》う人々の恐怖が周囲に伝播《でんぱ》し、売り場は絶叫と混乱からなるパニック状態に陥っていた。

それを引き起こした張本人であるソラトは、無邪気《むじゃき》にブンブンと首を振る。

「でも、ボク、ふうぜつできないよ」

「だから私に……まあ、いいでしょう」

自分の勘違い《かん》い（過失、とは考えない）を肩をすくめて流し、傍《かたわ》らの護衛に言う。

「シュドナイ、今ので勘付かれたと思う？」

ソラトが『揺りかごの園《クレイドル・ガーデン》』を広げない内に人間を喰ってしまった。この食事によって撒《ま》き散らされる違和感自体は非常に小さなものだが、同じ街にいる程度の近さだと、感知される恐れもある。

シュドナイも彼女の懸念《けねん》に同意する。

「そうだな、鋭いフレイムヘイズなら、間違いなく。気配も相変わらず大きいから、距離もそうあるまい。『天目一個《てんもくいっこ》』を倒すような奴《やつ》に、見過ごしを期待はできないだろう。たしか、この『揺りかごの園《クレイドル・ガーデン》』は、気配は漏《も》らさないが……」

「ええ。相手が察知のための自在法を使えば、簡単に反応する。どうやら、かくれんぼもこれまでね」

ティリエルは、兄のために残念がった。もちろん、兄のせいで、とは思わない。

「仕掛けの方も、もう少し作って万全を期したかったのだけれど……始めましょうか、シュドナイ。景気付けに、ここの騒ぎを全部、燃やして頂戴《ちょうだい》。大きな、本物の火が見たいの」

シュドナイは苦笑した。

「それもサービスでやれと？」

「なんなら、勝手にお給金を受け取ってもらっても構わないわよ」

「兄の食事のついでに支払い。おまけにセルフサービスときたか。本番前だというのに人使いの荒い……が！」

声とともに、ダークスーツの両腕がギュンと伸びた。伸びつつ太くなり、その先端《せんたん》である掌《てのひら》が濁《にご》った紫色に燃える。逃げ惑《まど》う人々の背に追いすがるその炎は、いつしか虎《とら》の頭の形となり、牙《きば》も鋭い口を咆哮《ほうこう》の形に開けた。その口から絶命の叫喚《きょうかん》も溶《と》かして流す、壮絶な炎が噴《ふ》き出された。

「まあ、たまにはいい、好きに暴れるというのも!!」

シュドナイが、それら虎の代わりと、大きく凶暴な咆哮《ほうこう》を上げた。その間にも、虎の頭を頂いた両腕は階内をのたうち、その行く先々で濁った紫の炎を噴《ふ》き上げ、ときに人を丸呑《の》みに喰らう。

「ふふ、開戦の烽火《のろし》としては、そこそこに綺麗《きれい》な方かしら……」

その惨状《さんじょう》をうっとりと眺めるティリエルは、腕の中に抱《いだ》いた兄に囁《ささや》く。

「さ、参りましょう、お兄様。まずはご挨拶よ」

「うん、はやくいこう、はやく！」

三つの影が、業火《ごうか》と黒煙の中に数多《あまた》の死を残して、消える。

もちろん、そのフレイムヘイズは鋭かったので、デパートにおける小さな異変に気付いた。ただしそれは、彼らの標的たる『贄殿遮那《にえとののしゃな》』を持つ方ではない。この街にいたもう一人のフレイムヘイズ、『弔詞《ちょうし》の詠み手』マージョリー・ドーだった。

彼女は同じ市街地、それもかなりの近距離にいたため、ようやく髪をそよがせるほどの、この違和感に気付くことができたのだった。

(ど、どういうことよ!?)

彼女は気付き、そして愕然《がくぜん》となった。いきなり至近《しきん》にそんなものが現れた、というだけではない。彼女は前の戦いの後、佐藤《さとう》と田中《たなか》に経過をしつこく訊《き》かれたとき、こう太鼓判《たいこばん》を押していたのだ。

「もう、この街に〝徒《ともがら》〟は絶対に来ないわよ。前も言ったけど、一つ所で連続して被害が出るなんてことは滅多《めった》にない。ましてこの街は一度〝狩人《かりうど》〟に襲われて、今度は〝屍拾い《しかばねひろい》〟に襲われてる」

彼女には、自分の方がその〝屍拾い〟を襲って大騒ぎを起こした、という認識はない。

「だから、もうあれだけの騒動を起こしたこの街には、二度と〝徒〟は来ないはず」

自信満々に彼女は言い切った。そしてそれは、一般論としては正しかった。しかし、物事には必ず例外が付き物で、しかも大概《たいがい》、それは予測できないものだったりする。

「マージョリー」

傍《かたわ》らのスピーカーに立てかけられた〝グリモア〟から、同じものを感じたマルコシアスが、久々に真剣な声で言った。

「──分かってるわよ！　なんなのよ、もう⁉」

サックスを手にしたマージョリーは、それを握り潰《つぶ》さんばかりの怒声《どせい》で答えた。

「ど、どうしたんです、マージョリーさん？」

近くでエレキギターを抱《かか》えて遊んでいた佐藤が、驚いて尋ねた。

少し離れた場所でドラムをいじっていた田中も駆《か》け寄ってくる。

「姐《あね》さん？」

たまたま目に留まった楽器店で、彼らは暇潰しをしていたのだった。珍しく三人ともが楽しめる場所で、あるものを適当にいじって遊んでいた、そこにこの怒声である。店員や他《ほか》の来客はびっくりして目を白黒させていた。

そっちは無視して、マージョリーはサックスを乱暴に陳列棚に戻した。

(ダラダラ思い出に浸ってる程度のゆとりもないの、この世ってのは⁉)

彼女は不味《まず》いテキーラで腹の底を焼かれたような顔になって、目の前で気を付けの姿勢を取る佐藤と田中に簡潔な指示を出す。

「あんたたち、今すぐ『玻璃壇《はりだん》』に向かいなさい」

それは、彼女らが一月前《ひとつき》に〝屍拾い《しかばねひろ》〟と戦った際に見つけた宝具《ほうぐ》の名。同時に、それが置かれた、彼女らの秘密基地とでもいうべき場所、そのもののことでもある。それが意味するところはつまり……!

「う、嘘《うそ》でしょ!?」

「〝徒《ともがら》〟ですか!?」

二人は飛び上がらんばかりに驚いた。マージョリーを信じ切っていた二人は、もうこの街に〝徒〟が来ないということを、完全無欠の事実のように受けとめていた。それがいきなり覆《くつがえ》されて、動揺が顔に出る。

その情けない顔を見て、マージョリーはまた怒鳴《どな》る。

「私だって間違うときは間違うわよ! さあ、いいから早く!」

「で、でも」

「俺《おれ》たち、そう、あの」

「――ん?」

二人が顔に出しているのが動揺だけでないことに、マージョリーは気付いた。

彼らは、『この一月行ってきた備えともいえない備え、その成果を今ここで示さねばならない』という恐ろしく無謀《むぼう》で虚《むな》しい……自分たちでも分かっている、その意気込みに震え、怯《おび》え、しかし踏ん張っていた。

マージョリーは、この二人の必死《ひっし》の形相《ぎょうそう》を見て、不意に笑いたくなった。嘲笑《あざわら》いたくなったのではない。

「この馬鹿《ばか》！」

と明るく軽く、笑い飛ばしたくなったのだ。そして、もう声が出ていたことを知った。笑みを苦笑に変えて、ポカンとなった二人に言う。

「あんたたちが戦いで役に立つわけないでしょ。せっかく今だけでも役に立てる、自分たちにできることがあるんだから、素直に指示に従いなさい！　いいわね⁉」

言うと、マージョリーは二人の額《ひたい》をそれぞれ、人差し指で突付いた。

「！」

「？」

その突かれた額に、群青《ぐんじょう》色の光点が点《とも》る。

まるで反論を封じる自在法でもかけられたかのように、佐藤《さとう》と田中《たなか》は黙った。

その二人にマージョリーは一言。

「グズは嫌いよ」

「りよ、了解《りょうかい》！　頑張《がんば》ってくださいね！」

「それじゃ行きます、お気をつけて、姐《あね》さん！」

弾かれたように、二人は店から駆《か》け出して行った。

（……頑張《がんば》ってください？　お気をつけて？）

マージョリーは思わず吹き出していた。あの二人の子分っぷりもなかなかのものだ。その愉《ゆ》快《かい》さを感じながら、やりとりの意味が分からず遠巻きに見ている店員や他《ほか》の来客に、手を振って言う。

「ああ、気にしないで。それじゃ」

傍《かたわ》らの〝グリモア〟を取って店を出る。

店の外は、なにやら騒然《そうぜん》としていた。

マージョリーは、さっき得た感覚の方に向き直る。

その先には、騒ぎの元らしい、火の手を上げるデパートがあった。サイレンをけたたましく鳴らす消防車が幾台も、目の前の渋滞《じゅうたい》をゆるゆると掻《か》き分けてゆく。

「……今の私は、どこまでやれるのかしら」

戦う理由も戦いへの意欲も見失ってしまったフレイムヘイズが重く問う。

そんな彼女と契約する〝紅世《ぐぜ》の王〟は、あくまで軽く答える。

「さあな。なんにせよ、おめえがぐずぐずしてっから、戦いの方からやってきちまったってぇわけだ」

ヒッヒ、と笑ってから、〝蹂躙《じゅうりん》の爪牙《そうが》〟マルコシアスは、問いで返す。

「さて、歌えるかい？　我が麗《うるわ》しの酒　盃《ゴブレット》、愛《いと》しき『弔詞《ちょうし》の詠み手』マージョリー・ドー？」

もちろんこの二人は、『炎髪灼眼《えんぱつしゃくがん》の討ち手』に助力を頼むことなど、考えもしない。

それが地に、ハラリと着く。

マージョリーの前に、山吹色《やまぶきいろ》に輝く力の結晶が舞い降りた。

落葉一片《いっぺん》。

「！」

その直前、マージョリーは跳《と》び退《すさ》っていた。

彼女が半秒前まで立っていた場所に、濁《にご》った紫色の爆発が起きた。周囲の誰もがそれに驚き注目する、あるいは余波に巻き込まれて倒れこむ、その動作の途中で静止する。

「……これは!?」

着地したマージョリーを囲んで、いつしか山吹色の木《こ》の葉が嵐のように巻いていた。それは今の爆発を中心に、広い歩道から道路の一部までを包むドームを形成している。

「封絶《ふうぜつ》……じゃ、ない？」

自身優れた自在師であるマージョリーは一目で、この自在法が気配を隠蔽《いんぺい》するものであることを感じ、理解した。

　そんな彼女の前、爆発の余韻《よいん》である紫の火の粉《こ》散る中から、三つの人影が現れる。そのついでのように、周囲の人々が炎《ほのお》へと変わり、人影の一つへと吸い込まれた。

　コロコロと笑うように、真ん中に立つ美少女が言う。

「何《いず》れ様の契約者かは存じませんが、まずはご挨拶を、と思いまして」

　フランス人形のように華麗《かれい》な容姿とは裏腹《うらはら》に、その身の内では巨大な〝存在の力〟が練られている。

　しかし、マージョリーは彼女ではなくもう一人——美少女の陰に隠れ、炎を吸い込んだ鎧《よろい》の美少年ではない、もう一人——ダークスーツにサングラスの男を見て、弓弦《ゆづる》を引き絞《しぼ》るような笑みを作った。

「ふん……こんなとこでなにしてんのよ、グニャグニャの色男？」

　その男・シュドナイも、彼女を見て少し驚いた。

「ほほう……久方《ひさかた》ぶりだな、騒々《そうぞう》しくも美しき殺戮者《さつりくしゃ》？」

　両者はもはや人もない、残り火彷徨《さまよ》う異界の中で睨《にら》み合う。

「あら、お知り合い？」

「ああ。紹介しよう、ティリエル。我ら〝紅世《ぐぜ》の徒《ともがら》〟に仇《あだ》なす討滅《とうめつ》の道具フレイムヘイズ、その中でも指折りの殺し屋……『弔詞《ちょうし》の詠み手』マージョリー・ドーだ」

「まあ、では〝蹂躙《じゅうりん》の爪牙《そうが》〟の!?」

言葉ほどにも怯《おび》えを見せない二人に、マージョリーではない声が、その小脇《こわき》の神器〝グリモア〟から発せられる。

「ティリエル……？ てめえら、〝愛染《あいぜん》〟か!?」

それは、愛欲に溺《おぼ》れ、自在法で捕らえた獲物を弄《なぶ》り殺す、陰湿な自在師の兄妹に付けられた真名《まな》。

「はい。お噂《うわき》はかねがね……同胞を殺して快哉《かいさい》を上げる、狂った〝王〟様……うふふ」

ティリエルは嘲笑《あざわら》い、その兄を優しく胸に抱《だ》き寄せる。

「ご紹介しますわ。この方が私のお兄様、〝愛染自《あいぜんじ》〟ソラト。私は〝愛染他《あいぜんた》〟ティリエル。〝千変《せんぺん》〟シュドナイは、ご存知のようね」

マージョリーは、あることに苛立ちつつ、相手に挑発の声を投げる。

「で、その噂に低い、コソコソ隠れるだけが取柄《とりえ》の変態兄妹が、こんなとこでなにしてるわけ？」

ティリエルの眉《まゆ》が、あからさまな侮辱《ぶじょく》に跳《は》ね上がった。しかし声は優しいまま、

「あなたの意思に関係なく、あなたの持ち物を私のお兄様に渡してもらいます。あなたは断る資格を持たない。私のお兄様が望むのだから」

と求める。

マージョリーは、その意味不明な言葉にではなく、自分の問題にイライラする。

「なに言ってんだか分かんないけど、この『弔詞の詠み手』によくもまあ、そんな口が叩《たた》ける

ものね……。いい度胸してるじゃない、あんたたち」

「お互いの実力差を考えての、ごく常識的な要求と思うのですけれど？　さあ、とぼけずに渡してくださいな」

「だから、なにをよ？」

「もちろん、『贄殿遮那《にえとののしゃな》』ですわ」

（はあ？　……ははあ、そういうことか）

マージョリーは瞬時に事態を把握《はあく》した。

灼眼《しゃくがん》の少女の振るっていた大太刀《おおだち》が、その有名な化《ば》け物刀《ものがたな》だということは、薄々《うすうす》察していた。

実際に体で、その恐ろしい切れ味を味わってもいる。いかにも〝愛染自《あいぜんじ》〟が目をつけそうな業物《わざもの》だった。

（じゃあ、これはあのチビジャリのとばっちりか）

悪感情からではなく、ただ現状をそのように認識して、連中の目的がここでの戦闘にどう影響するか、自分がどう動けば有利になるかを、冷静に計算する。

結論は、無視。

無駄《むだ》に会話して、相手に余計な情報を渡すような真似《まね》はすべきではない。

ティリエルは、マージョリーがだんまりを決め込み、自分たちの期待する宝具《ほうぐ》を持ち出さないことに不愉快気な表情を作った。

（こういう、気の短そうなフレイムヘイズは、挑発すればすぐに剣を抜くと思ったのですけれど……『弔詞《ちょうし》の詠み手』の名は伊達《だて》ではない、ということかしら?）

その評価を口には出さず、嘲弄《ちょうろう》と挑発の会話を続ける。

「三対一で、まだ奥の手を取って置くおつもり？　これは少し、痛め付けて差し上げないといけないようですわね」

ティリエルは、マージョリーの強烈な眼光に怯《おび》えるソラトの、兜《かぶと》から溢《あふ》れる金髪を撫《な》で付ける。撫で付けながら、最愛の兄に殺戮《さつりく》の許可を出す。

「さあ、およろしいわよ、お兄様?」

最愛の妹の声を受けて、ソラトの目に火が入る。

「うん！」

頭を激しく上下させて頷《うなず》く。そして振り向いた、その動作の流れに乗せて、もうマージョリーの眼前で『吸血鬼《ブルートザオガー》』が振るわれていた。

「!!」

マージョリーは直感で、防御《ぼうぎょ》の自在法を使わず仰《の》け反《ぞ》った。

刃《やいば》に赤い波紋《はもん》を靡《なび》かせる大剣が、その存在を肌に感じさせるほどの間を置いて通り過ぎる。

仰け反った動作から戻る、その体の動きに合わせて彼女は怒鳴《どな》った。

「つ舐《な》めるな！」

その口から数センチ置いて、群青色《ぐんじょう》の炎《ほのお》が迸《ほとばし》った。

しかし、ソラトは大剣『吸血鬼《ブルートザオガー》』の剣尖《けんせん》を円を描くように一回転させ、この炎を難なく吹き散らした。先ほどまでの怯《おび》えた様子は微塵《みじん》もない。冷徹な戦闘術者となった美少年の次の斬撃《ざんげき》が、回転運動に連なって、もうやって来る。

「舐《な》めているのはどっちかな」

さらに重なって、上空からシュドナイの声が降ってくる。マージョリーの攻撃をこそ隙と見て跳躍していた彼の両腕は、すでにそれぞれ紫の炎でできた虎《とら》の頭と化していた。その虎の口が、彼女の退路を塞《ふさ》ぐために炎の塊《かたまり》を吐《は》く。

「――っく!?」

マージョリーは四半《しはん》秒の判断で回避を諦《あきら》め、三人が驚くような攻撃を仕掛ける。

その足裏から群青の爆発を生んで前へ、倒れこむように回転、華麗《かれい》な舞踊《ぶとう》のように『吸血鬼《ブルートザオガー》』の斬撃を紙一重《かみひとえ》でかわして、ソラトの背後に降り立つ。とんでもない動体視力と身体制御《せいぎょ》の技だった。シュドナイの炎の爆発を、他《ほか》でもないソラトを盾《たて》にして避け、

「こっの」

その背中を思いっ切り、〝グリモア〟でぶん殴《なぐ》った。

「クソガキがぁ!!」

まとめた画板《がばん》ほどもある本が、フレイムヘイズの怪力でぶちこまれた。

「⁉」

ソラトは思わぬ衝撃《しょうげき》につんのめったが、すぐさま片手を地に付けて回転、そのついでと目の前にある足を『吸血鬼《ブルートザオガー》』で薙《な》ぐ。

曲芸のようにマージョリーはこれを跳《と》んで避け、気合一閃《いっせん》。

「っだあ‼」

周囲に群青色の爆発を生んで、全《すべ》てを吹き飛ばす。

ティリエルの張った『揺りかごの園《クレイドル・ガーデン》』が、内側で起きた大爆発に危うく揺らぎ、濛々《もうもう》たる煙がその内部を満たす。

マージョリーは馬鹿《ばか》ではないから、この程度で三人を仕留め得たとは思わない。すぐさま次の自在法を練りつつ走る。

（ええい……いったいなんなのよ⁉）

苛立《いらだ》ちをゆっくり感じる暇もない。咄嗟《とっさ》に屈《かが》んだ。

その頭上を、紫の炎でできた虎《とら》の頭が、風を牙《きば》で裂《さ》いて抜ける。

「さすがだ、『弔詞の詠み手《ちょうしのよみて》』！　だが……」

鞭《むち》のように伸びるダークスーツの袖《そで》に繋《つな》がる本体……〝千変《せんぺん》〟シュドナイが、煙の向こうから言う。余裕《よゆう》が声の端《はし》にあるのも当然か、とマージョリーは苦く思う。

「皆殺しの野獣の本性たる『トーガ』をなぜ纏《まと》わない？　我が盟友を幾人も討滅《とうめつ》した鏖殺《おうさつ》の即《そつ》

興詩《きょうし》をなぜ歌わない？」

「ちっ」

マルコシアスが小さく舌打ちした。

そう。どういうわけかマージョリーは、彼女のフレイムヘイズとしての本気の証《あかし》たる炎の衣《ころも》『トーガ』を纏《まと》えないでいた。自在法を思うがままに繰るための歌も湧《わ》かなかった。彼女はさっきから、そのことに苛立《いらだ》っていたのだった。

「余計なお世話ってもんよ。それを使うほどの相手？」

「君が俺《おれ》を舐《な》めるとは思えんな！」

死闘を介《かい》した確信に勝《まさ》る論理はない。誤魔化《ごまか》しも減らず口も〝千変《せんぺん》〟には通じない。

マージョリーはその忌々《いまいま》しさを感じつつ、彼の両腕から続けざまに吐《は》き出される火弾の爆発を必死に避ける。

と突然、その戦場の一角から緊張感のない声があがった。

「ちがうよ！　こいつじゃない、こいつ、もってないよ!?」

ソラトである。

「なんですって、お兄様？」

さすがに驚いた風のティリエルが訊《き》く。

これに答えたのは、彼女の傍《かたわ》らに降り立ったシュドナイだった。

「そうか、やはり違ったか。彼女が剣を持つなど、ありえないとは思ったが」

「どういうこと？」

子供のようにバタバタと駆《か》け寄ってきたソラトを胸に迎えつつ、ティリエルはマージョリーを訝《いぶか》しげに眺めやる。

シュドナイが再び言った。

「気配が大きなままだという話をしただろう、ティリエル。おそらく、この街にはもう一人、フレイムヘイズがいるんだよ」

（気付かれたか）

マージョリーは思い、鼻を鳴らす。向こうの勘《かん》違いをこっちが解説してやる義理もない。ただ黙って、戦闘における隙《すき》だけを窺《うかが》う。

「なんですって!?　なぜもっと早く言わなかったの」

ティリエルの詰問《きつもん》に、虎《とら》の頭から戻した掌《てのひら》を向けて、シュドナイは続ける。

「言いかけたときにちょうど、ソラトが騒動を起こしたからな。それに、彼女が持っている可能性も一応はあった。彼女が本気を出さない理由に絡《から》んでいるのかもしれないと思ってな。念のため、一当《ひとあ》てしてみたわけだ」

「まあ、なんて無駄骨《むだぼね》でしょう」

ティリエルはあからさまに落胆《らくたん》の表情を見せた。

「ご挨拶と思ったら人違いだったなんて……この方が、そのもう一人に助けを求めたりする前に、急いで『オルゴール』を起動させてしまわないと」

（誰が求めるか！）

と猛烈《もうれつ》な怒りを抱《いだ》くマージョリーを余所《よそ》に、ティリエルは指示を出す。

「最悪、威力圏内から逃げられてしまうわね……シュドナイ、あなたの分の『揺りかごの園《クレイドル・ガーデン》』をここに残してゆくから、この方を足止めしておいて。『オルゴール』が起動したら、改めて指示を出すわ」

「分かった」

短い同意を得ると、ティリエルは自分と兄の足下に、山吹色《やまぶきいろ》の木《こ》の葉を竜巻《たつまき》のように纏《まと》わせた。その竜巻が勢いを増すとともに、兄妹は宙へと浮き上がっていく。

マージョリーは追わない。敵戦力の分散は歓迎すべきことだった。妙な自在法か宝具《ほうぐ》かを使うような口振りだが、それと相対するのはどうせ、あの灼眼《しゃくがん》のチビジャリだ。知ったことではなかった。自分は、目の前の敵を片付けてゆくだけだ。

と、去り際にティリエルが、暗い怨念《おんねん》を秘めた笑顔から言葉を放り落とす。

「爪牙《そうが》の奴隷《どれい》さん、忘れていませんわよ、さっきの言葉……侮辱《ぶじょく》は報復によってのみ晴らされる……私のお兄様の望みを果たしたら、ついでにあなたも、できるだけむごたらしく無様《ぶざま》に、殺して差し上げますわ……」

嘲弄《ちょうろう》は、竜巻《たつまき》の勢いに紛《まぎ》れて切れ切れとなり、ほどなく声の主諸共《あるじもろとも》、消えた。

マージョリーは、一言も言い返さなかった。そんなお遊びよりも重要な問題が、目前にある。

改めて進み出る男に向き直り、軽く声をかける。

「あんなのが今回の依頼人とは苦労するわね、〝千変《せんぺん》〟。そろそろ仕事から解放されてみる？」

相対する男の物静かな挙措《きょそ》は、銃口《じゅうこう》が狙《ねら》いを定める様に似ている。恐るべき戦闘力を内に隠す仮初《かりそめ》の姿が、凄味《すごみ》の効いた微笑と共に答える。

「君こそ、不調を押して励むほどの仕事でもなかろう。永《なが》の休暇でも取ったらどうだ？」

不敵《ふてき》な笑みを交わす一瞬。

そして再びの激突。

屋上を過ぎ行く風の中。

古びた金網のフェンスに力なく背を預けていた池《いけ》は、長い沈黙に飽《あ》きたように、ようやく口を開いた。

「……本当のところ、今朝おまえたちを見たのは吉田《よしだ》さんなんだ」

「そう、か」

その横で、同じくフェンスにもたれる悠二《ゆうじ》は短く答えた。

吉田が自分たちの事を見たときの辛《つら》さを思って、済まなさで一杯になる。

この中途半端《はんぱ》な同情が事態をより悪化させる、と理屈では分かっていても、やはり感じるものは感じる。とにかく、相手の好意に甘えるばかりで、自分の気持ちにはちっとも整理がついていないかった。自分は一体、どっちをどれほど……。

薄《うす》ぼんやりと思う悠二《ゆうじ》に、池《いけ》は虚《うつ》ろな視線を空《くう》に彷徨《さまよ》わせて言う。

「でさ。吉田《よしだ》さんに傘《かさ》を渡したのが僕だった、ってわけだ。なんていうか、お節介《せっかい》が過ぎたな……こんなつもりじゃ、なかったんだけど」

腑《ふ》抜《ぬ》けた声に落胆《らくたん》の色が濃い。

それに気付いて、悠二は焚《た》き付けるつもりで言った。

「……おまえでも失敗するんだな」

返事に、期待した程の力はない。

「する、みたいだな。するとは思わなかった……さっきも、いきなりカッとなって、止まらなくなってさ……すまん」

悠二は池に顔を向けず、自分も空を眺めた。体重をかけた金網が、ギシリと唸《うな》る。

「いいよ。おまえの言ったこと自体は……ホント、情けないけど……全然間違ってないしさ。ただ、僕にだけ言うならともかく、吉田さんを巻き込むには、ちょっとやり方が荒っぽすぎたよな」

「ああ」

後悔が声になったような同意。

そのまましばらく、二人とも何も言わずに、空を眺めやる。

悠二には、なぜ池が怒りそうになったり泣きそうになったりしたのか、薄々分かっていた。でなければ、このメガネマンが冷静さを失ったりするわけがなかった。

なのに自分が、そんな『池の吉田に対する気持ち』をどう思い、また感じているのか。その肝心《かんじん》な部分は麻痺《まひ》しているのか弛緩《しかん》しているのか、ピンとこない。

（シャナが他《ほか》の奴《やつ》といたときには、あんなに怒りが湧《わ》いたのに……池に同情しているからなのかな、それとも……）

自分が彼女に抱《いだ》いている気持ちは、実は彼女から向けられる好意への単純な嬉《うれ》しさでしかないのではないか。恋や愛に憧《あこが》れる子供が、そうと錯覚しているだけなのではないか。

（そもそも、恋や愛、好意や嬉しさは、どうやって見分ければいいんだろう……？）

次々と浮かび上がってくる疑念疑問に、悠二は、陰鬱《いんうつ》な気持ちになる。

しかしそれでも、池に確認しようと思った。

「なあ」

「ん――」

投げやりな答えに、悠二は真剣な声で訊《き》いていた。

「……吉田《よしだ》さんのこと……好きなのか？」
五秒待った。答えはない。悩んでいるのか。
十秒待った。答えはない。まだ悩んでいるのか。
十五秒待った。答えはない。あるいは答えられないのか。
思い、池《いけ》に訊《き》き直そうとした悠二は、目に入った光景に違和感を覚えた。
最初、太陽の反射かなにかと思い、しかし次の瞬間、
「!!」
全身で感じた。
(じ、自在法!!)
巨大な自在法が発動している！
屋上から見える景色全《すべ》てに、不気味に薄《うす》く輝く山吹色《やまぶきいろ》の霧がかかっていた。
その霧が、御崎《みさき》市を内に取り込み、全てを静止させている。
唐突《とうとつ》な——あまりに唐突な、戦いの始まりの姿だった。
怒りの混乱から覚めた吉田《よしだ》一美《かずみ》は、猛烈《もうれつ》な自己嫌悪に襲われていた。
(……私って、馬鹿《ばか》……本当に、馬鹿……)

自分がやってしまったことを思い、上げることのできない顔が、力なく垂れる両肩が、とぼとぼと歩く足が、倒れそうなまでに重くなる。

（……そうだ……私は、池《いけ》君に怒ってたんじゃない……池君は悪くない）

悪いのは自分。助けてもらうばかりで、世話ばかりかけて、なにもできない自分。池速人《はやと》の言動に逆上したのは、自分で言わなければならないことが、自分以外の人間に、自分以上にしっかりはっきり言われてしまったからだった。それが悔しくて、彼に当たってしまったのだ。

（悲しいのなら、苦しいのなら、自分でちゃんと、坂井《さかい》君に言うべきだったのに……なのに、落ち込むだけで、沈むだけで、なにもできなかった……ううん）

できない、そう決め付けて、逃げ続けていたのだ。自分は気が弱いから何もできない、そう言い訳して、親切な池速人に甘え、頼りきって……挙句の果てに、彼の格好よさに嫉妬《しっと》して、あんなみっともない真似《まね》をしてしまった。

（私って、なんていやらしい子なんだろう……でも）

恐かったのだ。今朝見かけた、坂井悠二《ゆうじ》と平井《ひらい》ゆかりの仲の良さが。二人はベタベタとくっ付いていたわけではない。ただ一緒に歩いて話をしていただけだった。しかしなにか、自分には二人が通じ合ってるように思えた。

（そんな二人に、割り込むような真似をして……それで今の、ほんの少しだけ繋《つな》がっているような関係も、壊《こわ》れてしまったら……）

だが、そう思って、怯《おび》えて閉じこもった結果が、これだ。

池速人《いけはやと》は怒っただろう。坂井悠二《さかいゆうじ》は呆《あき》れただろう。

全部、自分のひ弱な心、中途半端《はんぱ》な覚悟《かくご》のせいだった。

いつか決めたのではなかったか。自分でやろう、頑張《がんば》ろう、と。

自分の坂井悠二への気持ちは、たった一つ恐いことができた、それだけで身を引いてしまうほどに弱いものだったのか。

（違う）

それだけは、はっきりと感じる。

なら、なぜできなかったのか。

（それは、私の覚悟と決意が、足りなかったせい）

今以上に進みたいのなら、もっとしっかりと自分の気持ちを抱《いだ》いて、坂井悠二にぶつからねばならない。恐いが、そうすることでしか、今以上には進めない。

（なら、やるしか、ない）

思い、無理やり上げた目線が、まるでその決意を試すように一人の少女の姿をとらえた。

（負けない、負けない、負けない）

その少女……無自覚の想いと無造作な強さで坂井悠二を振り回すその少女への、燃えるような対抗意識が湧《わ》きあがった。

（ゆかりちゃんには、負けない）

吉田《よしだ》一美《かずみ》は、前に踏み出す。


昼休みの校舎を、シャナは当《あ》て所《ど》もなく歩いていた。

否《いな》、実は吉田を探していた。

探してどうするのかは分からないが、しかし探していた。

（……私、なにやってんだろ……お菓子まで置いてきちゃった……）

吉田一美のことは嫌いではなかった。

むしろ人間の性質としては、好きな部類に入ると言っていい。しかしときどき、彼女が悠二と一緒にいたり、悠二に近付いたりすることで、嫌《いや》な気分にさせられる。この一月《ひとつき》、彼女はずっとそうして、自分にとって嫌な存在であり続けた。

後で悠二をとっちめると、そんな気持ちはすぐに吹っ飛んでしまう。だから今まではそれ以上に深く、彼女のことを考えたりはしなかった。

しかしさっきの様子、あの怒りとも悲しみともつかない表情が胸のどこかに引っかかって、チクチクと痛みのようなものを感じさせている。

(ううん、痛みなんかじゃ、ない)

はっきりと、不愉快だった。

なにか、彼女が決定的に自分に敵対する、そんな気分の悪い予兆《よちよう》を、自分はあの表情の中に感じ取ることができた。取り乱すことで、いつも控えめな彼女の本心、その片鱗《へんりん》が見えた気がした。それはなにか、自分にとって、とても嫌《いや》なこと……。

その正体を、彼女に会って問い質《ただ》したくなったのかもしれない。具体的にどう問い質せばいいのかは、さっぱり思いつかないが。

(!)

いた。

生徒の間で裏庭と呼ばれている、校舎裏の芝に付けられた道を、吉田《よしだ》がこっちに歩いてくる。昼には日当たりが悪くなり、また昨日の雨で芝生が湿《しめ》ってもいるこの場所に、他《ほか》の学生の姿はない。まるで彼女のために、自分のために空《あ》けられているかのようだった。

(……)

シャナは、焦燥《しょうそう》感とも怒りとも知れない嫌な気持ちを胸に、裏庭を突き進む。

吉田も、いつもは伏せがちな目線をしっかりとシャナに付けて、ゆっくりと歩いてくる。

やがて、二人は数歩の距離を置いて向き合った。

吉田の顔には、さっき取り乱した名残《なごり》は欠片《かけら》も見えない。むしろ、いつもよりしっかりと意思の光を放っているように見えた。真っ直《ます》ぐにシャナを見つめる。

シャナは、これが決意の顔だということを、全く別次元の経験から察することができた。そしてなぜかその顔に、顔の内に秘める強い意志に、気後《きおく》れのようなものを感じていた。なにがどうというわけでもないのに、思った。

（……恐い）

そういえば、以前にも彼女がこんな顔をしていたことがあったのを、シャナは思い出した。

（――「負けないから」――）

その、たった一言を自分に告げたときの顔だった。あのときはなにも感じなかった。なんのことかよく分からなかった。それを悠二《ゆうじ》に訊《き》いたが、彼にも分からなかったらしく、答えは得られなかった。

（……悠二に……？）

シャナは、今感じている恐さに、彼という存在が結びつき、絡《から》まっているように思った。

唐突《とうとつ》に、吉田が言った。

「ゆかりちゃんは、ずるいよ」

その淡々とした口調に、シャナは自分が気圧《けお》されているように感じた。侮辱《ぶじょく》とも取れる言葉への反駁《はんばく》も湧《わ》かない。馬鹿《ばか》のように訊き返すしかなかった。

「……なにが」

また唐突《とうとつ》に吉田《よしだ》が言う。

決定的なことを。

「坂井《さかい》君のこと、好きなんでしょう」

「――っ!!」

シャナは、胸を刺《さ》されたような衝撃《しょうげき》を受けた。

(……好き? 私が、悠二《ゆうじ》を……?)

言葉を反芻《はんすう》して確かめる内に、胸がたまらなく痛んできた。体が縮こまるような、恐ろしいなにかに押し潰《つぶ》されるような、とんでもない力が、その言葉にはあった。

吉田は決意に硬く顔を勇《いさ》めて、さらに言う。

「なのに、素っ気なくして、知らない振りして、なのに、私よりもずっと、ずっと近くにいて……ずるいよ」

「……う……」

シャナは反撃するために、みっともない唸《うな》り声を上げて力を溜めるしかなかった。ようやく出した声は、もっとみっともない。

震えていた。

「……な、なんでおまえにそんなこと言われなきゃならないのよ」

いつもの吉田なら、この程度でも十分怯《おび》えさせ、黙らせることができたはずだった。しかし、今の彼女は全く動じない。

「言う資格、あるもの」

吉田の声に、さらなる力が漲《みなぎ》る。

シャナは、その力にはっきりと、恐れを感じた。

それは間違いなく、自分を脅《おびや》かす力だった。

「私も、坂井君が好きだから」

「!!」

やめて、と声を出しそうになった。

(それは、私だけの、私の——!!)

フレイムヘイズが、『炎髪灼眼《えんぱつしやくがん》の討ち手』が、ただの人間の少女の、それも言葉だけで、足を震えさせていた。震えながら、咄嗟《とっさ》に胸に閃《ひらめ》いた言葉、その意味に気付いた。

(今、私、なに——?)

大事なものが奪われるかもしれないという恐れ、どうしようもない心細さ、目の前が真っ暗になるような失調感、全《すべ》てが一つになった、胸の中の叫び。それが、怒りにも似た、燃え上がるような気持ちを浮き彫りにさせてゆく。

(——私が、悠二を——私は、悠二を——)

吉田はなおも、シャナに挑《いど》み続ける。

「私……私、決めたの。もう、あやふやなままにはしない、って。他《ほか》の人にしてもらうことを期待したり、頼ったりしない……自分で、頑張《がんば》って、やってみようって」

「……あ」

シャナの心臓が一打ち、大きく跳《は》ねた。

恐れるものが、くる。

「私、坂井《さかい》君にもう一度、今度こそはっきり自分の口で、好きです、って言う」

「っだめ!!」

今こそシャナは理解した。

自分がなぜ、この少女が悠二《ゆうじ》と一緒にいるのを、二人が触れ合うのを不愉快に思うのか。

それをはっきりと、理解した。

今までは、悠二が悪いことをしたように思っていた。だから悠二に怒りをぶつけていた。

しかし、そうではなかったのだ。

自分が、悠二に他《ほか》の女性と一緒にいて欲しくなかった、仲良くして欲しくなかったのだ。

原因は自分の、悠二に対する気持ちだったのだ。

今まで自分が感じて、しかし理解できなかった疑問や戸惑《とまど》い、不思議な居心地の良さや愉快さ、その反対のもの……、それが全《すべ》ての根源だったのだ。

自分の、悠二に対する気持ち。

それが今、渾身《こんしん》の叫びを上げさせる。

「だめよ、そんなの!! 言っちゃだめ!!」

しかし、今の吉田《よしだ》は止まらない。潤《うる》む瞳を決然と輝かせて、彼女はシャナに再び告げる。

「ううん、言う」

この場での彼女は、完全にシャナと対等の存在だった。

「決めるのは、坂井君。好きだ、って言ってもいないゆかりちゃんには、負けない――!」

シャナは、震える足に力を入れ、痛む胸を押さえ、揺れて滲《にじ》む目を凝《こ》らし、全てを燃やし尽くすような強烈な気持ちを抱《いだ》いて、受けて立った。

必死の声を絞《しぼ》り出す。

「私、私だって――!!」

その声が、
中途で途絶《とだ》えた。

目の前の吉田が、瞬《まばた》きもせずに止まったからだった。

シャナはあたりを素早く見渡し、同時に感じ、自分の置かれた状況を確認する。

周囲の眺めを薄く霞ませるように、不気味に輝く山吹色《やまぶきいろ》の霧がたゆたっていた。

(自在法!?)

これが意味する所は明白だった。

〝紅世《ぐぜ》の徒《ともがら》〟の襲撃。

「……」

しかし、今のシャナは、それよりも遙《はる》かに大きな衝撃《しょうげき》を心身に受けていた。

「……──」

自分の想いを『最強の敵』にぶつける行為を中断させられたことへの、衝撃。

「────っ」

どうしようもない憤激が体中を駆《か》け巡った。

「つな、に、すん、のよ‼」

それを声に変え、怒号《どごう》を通らせた。

「なに、邪魔してんのよ‼」

そこに、まさに天壌《てんじょう》を焼き尽くすような自分の使命への意思を加えて、

灼眼《しゃくがん》が燃え上がる。

炎髪《えんぱつ》が火の粉《こ》を舞い咲かせる。

黒衣《こくい》が体を包む。

そして、大太刀《おおだち》『贄殿遮那《にえとののしゃな》』を抜き放ち、力一杯地面に突き立てる。

目の前で止まる吉田一美《かずみ》に向けて、シャナは本気で宣戦布告した。

「すぐに聞かせてやる！　私の気持ちを、おまえなんか、全然、悠二は、私と、ずっと、もっ

と、たくさんあるんだから!!」

アラストールが口を挟《はさ》む暇もない、壮絶なまでの感情の爆発だった。

火を噴《ふ》くように、彼女は咆哮《ほうこう》した。

「おまえなんかに、絶対に負けない!!」


御崎《みさき》市を山吹色《やまぶきいろ》の霧が浸食する。

全《すべ》てを包み、全てを満たし、全てを止める。

その中心に輝き渦巻《うずま》く木《こ》の葉の中、宙に浮いて抱《だ》き合う兄妹の姿がある。

抜き放たれた物、欲し求めていた物を感じた〝愛染自《あいぜんじ》〟ソラトが叫ぶ。

「いるよ、ゆりかごのなかにいるよ！　あるよ、あそこにあるよ！　ぼくの『にえとののしゃな』が!!」

木の葉は渦巻く流れの中、各々端《はし》から蔓《つる》を伸ばし、兄妹のように一つに絡《から》み合ってゆく。

兄を優しく甘く抱き締めて、〝愛染他《あいぜんた》〟ティリエルが答える。

「そう、それでは軽く潰《つぶ》しましょう、お兄様。今からはもう、存分になさってくださいな。私が、お兄様を守りますわ」

二人を頂点に、輝く蔓は伸びる端から絡み合い、一塊《ひとかたまり》に膨《ふく》れ上がってゆく。

そして、雪崩《なだれ》る。
輝く蔓の怒涛《どとう》に乗って、〝愛染〟の兄妹が進攻を開始する。

この世のバランスを乱し、自侭《じまま》に荒さんと〝紅世《ぐぜ》の徒《ともがら》〟が迫る。
その企図《きと》を食い止め、討ち滅ぼさんとフレイムヘイズが吼《ほ》える。
世界は、ただそれらを抱《いだ》き、それらの全てとして、動き続ける。

あとがき

はじめての方、はじめまして。

久しぶりの方、お久しぶりです。

高橋弥七郎《たかはしやしちろう》です。

また皆様のお目にかかることができました。ありがたいことです。


さて本作は、痛快娯楽《つうかいごらく》アクション小説です。今回は抑《おさ》え目です。誰も信じてくれないかもしれませんが、抑え目です。次回は今回の分まで壊《こわ》します。壊しますとも、ええ。

テーマは、描写的には「嵐の前の激突、および寸止め」、内容的には「これから」です。あちこちで硬軟《こうなん》織り交ぜた対決が繰り広げられます。シャナも悠二《ゆうじ》も困ったり喜んだり大変です。

担当の三木《みき》さんは、非常な張り切り屋さんです。なんかヤバ気なスケジュールを立てております。今回も例によってあの方面で、両者の緊張双腕に賭《か》ける鍔迫《つばぜ》り合いが熱く（以下略）。

挿絵《さしえ》のいとうのいぢさんは、とても可憐《かれん》な絵を描かれる方です。本編執筆の修羅《しゅら》場《ば》前にIIの表紙絵を頂けたことは、士気《しき》の維持面からも大いなる僥倖《ぎょうこう》でした。忙中にも関わらず三度、拙《せつ》作《さく》への甚大《じんだい》なる御助力をいただけたことに、深く深く感謝いたします。

県名五十音順に、大阪《おおさか》のK村さん、埼玉《さいたま》のU田さん、岡山《おかやま》のH本さん、長崎《ながさき》のN田さん、大変励みになりました。どうもありがとうございます。

お手紙、仔細《しさい》あってお返しはできませんが、全《すべ》てきちんと読ませてもらっています。編集部から私の方に届くまでには若干《じゃっかん》のタイムラグがあるため、時期によっては右記の返礼が遅れてしまう方（今回だと年賀状を頂いた方）もあり、なんとも心苦しいことです。本文は文末の日付頃に書いていますので、その辺りの事情からご寛恕《かんじょ》いただければと思います。

さて、今回も残りを徒然《つれづれ》と。映像では参上解決な流離《さすら》いのヒーローを見て心酔《しんすい》したり、本では徳川《とくがわ》大名の改易録《かいえきろく》を読んで諸行無常《しょぎょうむじょう》を感じたり、ゲームではぶちギレて重機を転がしたりしていました。次回、重機に乗ったヒーローが、諸行無常のギターを奏でます（嘘《うそ》）。

ようやく今回も埋まりました。というわけでどんなわけか、このあたりで。

この本を手に取ってくれた読者の皆様に、無上《むじょう》の感謝を、変わらず。

また皆様のお目にかかれる日がありますように。

二〇〇三年三月　　高橋弥七郎

◉高橋弥七郎著作リスト

「A／Bエクストリーム　CASE-314［エンペラー］」（電撃文庫）
「A／Bエクストリーム　ニコラウスの仮面」（同）
「灼眼のシャナ」（同）
「灼眼のシャナⅡ」（同）

本書に対するご意見、ご感想をお寄せください。

■

あて先

〒102-8177 東京都千代田区富士見2-13-3
電撃文庫編集部
「高橋弥七郎先生」係
「いとうのいぢ先生」係

■

電撃文庫

灼眼《しゃくがん》のシャナIII

高橋弥七郎《たかはしやしちろう》

◆◇◇
2003年7月25日　初版発行
2023年10月25日　47版発行

発行者　山下直久
発行　株式会社KADOKAWA
〒102-8177　東京都千代田区富士見2-13-3
0570-002-301（ナビダイヤル）
装丁者　荻窪裕司（META＋MANIERA）
印刷　株式会社KADOKAWA
製本　株式会社KADOKAWA

ISBN978-4-04-869450-6　C0193　Printed in Japan

電撃文庫創刊に際して

文庫は、我が国にとどまらず、世界の書籍の流れのなかで〝小さな巨人〟としての地位を築いてきた。古今東西の名著を、廉価で手に入りやすい形で提供してきたからこそ、人は文庫を自分の師として、また青春の想い出として、語りついできたのである。

その源を、文化的にはドイツのレクラム文庫に求めるにせよ、規模の上でイギリスのペンギンブックスに求めるにせよ、いま文庫は知識人の層の多様化に従って、ますますその意義を大きくしていると言ってよい。

文庫出版の意味するものは、激動の現代のみならず将来にわたって、大きくなることはあっても、小さくなることはないだろう。

「電撃文庫」は、そのように多様化した対象に応え、歴史に耐えうる作品を収録するのはもちろん、新しい世紀を迎えるにあたって、既成の枠をこえる新鮮で強烈なアイ・オープナーたりたい。

その特異さ故に、この存在は、かつて文庫がはじめて出版世界に登場したときと、同じ戸惑いを読書人に与えるかもしれない。

しかし、〈Changing Times,Changing Publishing〉時代は変わって、出版も変わる。時を重ねるなかで、精神の糧として、心の一隅を占めるものとして、次なる文化の担い手の若者たちに確かな評価を得られると信じて、ここに「電撃文庫」を出版する。

1993年6月10日
角川歴彦

電撃文庫

A／Bエクストリーム CASE-314［エンペラー］

高橋弥七郎
イラスト／金田榮路

異空間〈ゾーン〉に巣くうグレムリン駆除を生業とするA／B＝アンディとボギーのハイエンドアクション！ 第8回電撃ゲーム小説大賞〈選考委員奨励賞〉受賞！

た-14-1 0659

A／Bエクストリーム ニコラウスの仮面

高橋弥七郎
イラスト／金田榮路

第8回電撃ゲーム小説大賞〈選考委員奨励賞〉受賞作家の第2弾！ 仮面の道化師ニコルと謎の巨大物体を背負う美少女ルー。彼らの目的とは……!?

た-14-2 0689

灼眼のシャナ

高橋弥七郎
イラスト／いとうのいぢ

平凡な生活を送る高校生・悠二の許に少女は突然やってきた。炎を操る彼女は悠二を〝非日常〟へいざなう。『いずれ存在が消える者』であった悠二の運命は!?

た-14-3 0733

灼眼のシャナII

高橋弥七郎
イラスト／いとうのいぢ

『すでに亡き者』悠二は、自分の存在の消失を知りながらも普段通り日常を過ごしていた。悠二を護る灼眼の少女・シャナはなんとか彼の力になろうとするが……。

た-14-4 0782

灼眼のシャナIII

高橋弥七郎
イラスト／いとうのいぢ

吉田一美は決意する。最強の敵に立ち向かうことを。シャナは初めて気づく。この感情の正体を。息を潜め、忍び寄る〝紅世の徒〟。そして、坂井悠二は――。

た-14-5 0814

電撃文庫

リバーズ・エンド
橋本紡
イラスト／高野音彦

携帯に届いた1通のメールが、拓己と唯の物語の始まりだった。第4回電撃ゲーム小説大賞〈金賞〉受賞の橋本紡が贈る気鋭の新作。切なく儚いラブ・ファンタジー。

は-2-9 0619

リバーズ・エンド2 slash the heart
橋本紡
イラスト／高野音彦

拓己が収容されたのは「スクール」という名の閉鎖された施設だった。そこで出会った8人の仲間たち。そして眠り続ける唯……。ラブ・ファンタジー第2弾登場。

は-2-11 0666

リバーズ・エンド3 free the birds
橋本紡
イラスト／高野音彦

「スクール」の仲間たちと少しずつ心を通わせ始める拓己。しかしS-FMAの陰謀はそんな拓己たちの儚い希望を無惨に打ち砕く。ラブ・ファンタジー第3弾。

は-2-12 0706

リバーズ・エンド4 over the distance
橋本紡
イラスト／高野音彦

S-FMAの実験は加速し、なおも拓己たちスクールの生徒たちを追い詰める。果たして実験の真の目的とは!? そしてついに彼女が覚醒する……! 第4弾。

は-2-14 0755

リバーズ・エンド5 change the world
橋本紡
イラスト／高野音彦

ついに最後の決戦に挑むことになった拓己たち。人類の未来を託された彼らを待ちうけていたものは!? また目覚めた唯に隠された真実とは!? 感動の完結編!!

は-2-15 0808

電撃文庫

毛布おばけと金曜日の階段
橋本 紡
イラスト／ヤスダスズヒト

お姉ちゃんは毎週金曜日、階段の踊り場で〝毛布おばけ〟になる――。高校生・未明の周りに起こる様々な出来事を綴ったハートウォーミング・ストーリー。

は-2-13　0738

DADDYFACE
伊達将範
イラスト／西E田

いきなり現れた美少女に「あなたの娘だもん」と言われた貧乏大学生・草刈鷲士はとんでもない事件に巻き込まれ……！ サービスシーン満載のラブコメ決定版。

た-9-4　0428

DADDYFACE世界樹の舟
伊達将範
イラスト／西E田

大学生の父親と中学生の娘――ふたりあわせて「ダーティ・フェイス」！ 微妙な関係の父娘が贈るラブコメアクション決定版。第2弾の舞台はドイツだ!!

た-9-5　0453

DADDYFACE冬海の人魚
伊達将範
イラスト／西E田

孝行娘の美沙の計らいで泊まり込みのバイトに行くことになった鷲士と美貴。ところが到着早々、鷲士が記憶喪失の女の子を拾ってきて……。超人気シリーズ。

た-9-6　0514

DADDYFACEメドゥーサ
伊達将範
イラスト／西E田

結城邸で謎の死を遂げた老人。半壊したホテル。謎の動きをする軍。そして相変わらずの歳の差9歳の父娘……。その全てが、ある大事件の端緒だった!!

た-9-7　0809

電撃文庫

第61魔法分隊

伊都工平

イラスト／水上カオリ

王国ののどかな田舎町に配置された第61魔法分隊。だが、その町には国を揺るがす魔導宝が隠されていた…。期待の新人と注目のイラストレーターが贈る話題作。

い-3-1 0585

第61魔法分隊②

伊都工平

イラスト／水上カオリ

増強し続けるカリス教団を追って、単身街を出たデリエル。だが、彼女を待っていたものは、廃墟と化した王国第二の都と、王家と国軍の恐るべき陰謀だった…。

い-3-2 0657

第61魔法分隊③

伊都工平

イラスト／水上カオリ

故郷を旅立ち、王都ギールニデルにやってきた61分隊の隊員たち。戦いを否定するシュナーナは単独でカリス教団の調査を進めるが、やがて驚愕の真実を知ることに！

い-3-3 0726

第61魔法分隊④

伊都工平

イラスト／水上カオリ

カリス教団が壊滅し、平和を取り戻した王都。だが、その裏でザイザスは王家に対する復讐の準備を進めていた。そして、凍土緑地化計画が軍事に転用される時…。

い-3-4 0817

アンダー・ラグ・ロッキング

名瀬 樹

イラスト／かずといずみ

きれいな夕焼け、草原を渡る風、月明かりに浮かぶ船、ゆるやかに続く戦争。14歳の狙撃兵・春と雪生の辿り着く先には……。第2回電撃hp短編小説賞受賞作。

な-10-1 0800

電撃文庫

シルフィ・ナイト
神野淳一
イラスト／成瀬裕司

敵の夜間爆撃を迎え撃つ夜間戦闘機部隊に着任した新兵は、妖精族の生き残りの少女だった——。第9回電撃ゲーム小説大賞〈選考委員奨励賞〉受賞作。

か-11-1 0783

シルバー・ウィング
神野淳一
イラスト／成瀬裕司

全てを見通す『青龍眼』を持つ少女マイアは、魔導騎士のゼロ少尉とともに、世界初の双発魔導機関戦闘機『銀の翼』を駆り、帝国の黒き魔導騎士に挑むが……。

か-11-2 0813

シャープ・エッジ stand on the edge
坂入慎一
イラスト／凪良（nagi）

育ての親ハインツを殺された少女カナメ。複雑な想いを胸に秘め、そして彼女はナイフを手にとった——。第9回電撃ゲーム小説大賞〈選考委員奨励賞〉受賞作。

さ-7-1 0781

シャープ・エッジ2 sink in the starless night
坂入慎一
イラスト／凪良（nagi）

星のない夜、カナメは道端に蹲る少女を拾う。「姉に会うためにこの街に来た」と少女は言うのだが何か訳ありらしく——。話題のスタイリッシュアクション第2弾！

さ-7-2 0818

撲殺天使ドクロちゃん
おかゆまさき
イラスト／とりしも

ぴぴるぴるぴるぴぴるぴ〜♪　謎の擬音と共に桜くん（中学二年）の家にやってきた一人の天使。……その娘の名前は、撲殺天使ドクロちゃん!?

お-7-1 0802

電撃文庫

AHEADシリーズ
終わりのクロニクル①〈上〉
川上 稔
イラスト／さとやす（TENKY）

10の異世界との概念戦争が終結して60年……。そして今、最後の存亡を賭けた〝全竜交渉〟が始まる！　川上稔が放つ待望の新シリーズ、いよいよスタート！

か-5-16　0799

AHEADシリーズ
終わりのクロニクル①〈下〉
川上 稔
イラスト／さとやす（TENKY）

初めての異世界との戦闘を経て、佐山御言は1st-Gとの全竜交渉を成功させることができるのか？　そして彼が知る新たな真実とは？「AHEADシリーズ」第1話完結。

か-5-17　0811

シャドウプリム
出海まこと
イラスト／川元利浩

依頼を受けたら、どこでも住み込みでご主人さまに仕えるメイド、風間萌美。しかし、彼女のメイド服の色が変わる時、もう一つの素顔が明らかになる!?

い-4-1　0610

鬼神新選　京都篇
出海まこと
イラスト／ヤスダスズヒト

新撰組主要メンバーが「魔人」として蘇り、日本をかきまわす。それを迎え撃つのは、もと新撰組二番隊隊長・永倉新八！　巻末に描き下ろしコミック収録。

い-6-1　0815

学校を出よう！　Escape from The School
谷川 流
イラスト／蒼魚真青

超能力者ばかりが押し込まれた山奥の学校。ここに超能力など持ってないはずの僕がいるのは、すぐ隣に浮かんでいる妹の〝幽霊〟のせいであるわけで——！

た-17-1　0784